Comtesse Sophie de Ségur

Neue Feenmärchen

mit 21 Illustrationen von
Virginia Frances Sterrett

Erstmalig aus dem Französischen und Englischen
ins Deutsche übersetzt und bearbeitet
von Ulrich Taschow

avox fantasia

6. Auflage 2018

Übersetzung und Bearbeitung aus dem
Französischen und Englischen ins Deutsche: Ulrich Taschow
Illustrationen: Virginia Frances Sterrett
Umschlaggestaltung: Virginia Frances Sterrett, avox media
Satz und Layout: Avox Verlag
www.avox-verlag.de, info@avox-verlag.de
Printed in Germany 2018
ISBN: 978-3-9369-7907-7

Übersetzt und bearbeitet für ein kleines Mädchen,
dem die Feenmärchen ausgegangen waren …

Inhalt

Illustrationen

Blondine und der verzauberte Fliederwald

Blondine

Es war einmal ein König mit Namen Bénin, von seinem Wesen so herzensgut, dass alle Welt ihn liebte. Da er aber Gerechtigkeit gegen jedermann übte, fürchteten ihn die Bösen. Seine Frau, die Königin Doucette, teilte seine Herzensgüte und damit auch die Zuneigung, die man ihm im ganzen Lande entgegenbrachte. Dieses glückliche Königspaar hatte nun eine Tochter, die aufgrund ihres prächtigen hellblonden Haars überall nur Prinzessin Blondine genannt wurde. Sie besaß eine liebreizende Gestalt. Und überdies hatte ein gütiges Schicksal ihr auch noch das liebenswürdige und bezaubernde Wesen ihrer Eltern als Erbe mitgegeben. Unglücklicherweise starb jedoch die Königin kurz nach der Geburt der liebreizenden Blondine und der arme König vergoss lange Zeit bittere Tränen ob des großen Verlusts. Blondine war zum Glück noch viel zu klein, als dass sie den Tod ihrer Mutter hätte verstehen können. Und so weinte sie keine Tränen, fuhr fort mit Lachen und Spielen. Und kein trauriger Gedanke störte ihren friedlichen Schlaf. Der König liebte Blondine zärtlich und sie liebte ihren Vater mehr als alles auf der Welt. Bénin schenkte seiner kleinen Tochter die allerschönsten Edelsteine, die erlesensten Süßigkeiten und die köstlichsten Früchte. Blondine war sehr glücklich.

Eines Tages nun wurde dem König der Wunsch seiner Untertanen herangetragen, dass er doch wieder heiraten möge, um einen Sohn zu bekommen, der nach seinem Tod die Herrschaft übernehmen könne. Anfangs wies Bénin dieses Verlangen weit von sich. Doch endlich gab er dem wiederholten Begehren seines Volkes nach und sagte zu seinem treuen Minister Léger:

„Mein guter Freund, meine Untertanen wünschen, dass ich wieder heirate. Doch mein Herz ist noch immer so unendlich traurig aufgrund des Todes meiner lieben Königin Doucette, so dass ich nicht die Kraft habe, die schwere Aufgabe der Suche nach einer neuen Frau selbst auf mich zu nehmen. Geh also du, mein guter Léger und finde eine Prinzessin, die meine süße Blondine glücklich machen kann. Hast du eine gutherzige Frau für meine Tochter und mich gefunden, halte in meinem Namen um ihre Hand an und führe sie an meinen Hof."

Minister Léger begab sich sofort auf den Weg, besuchte viele Königshöfe und sah unzählige Prinzessinnen, bösartig und hässlich. Schließlich nach endlos langer Reise gelangte er in das ferne Königreich des Königs Turbulent, der eine liebliche Tochter namens Fourbette besaß, strahlend schön, einnehmend und scheinbar von gutem Wesen. Léger fand sie dermaßen anziehend, dass er augenblicks im Namen seines Königs Bénin um ihre Hand anhielt, leider jedoch ohne ausreichend ihren wahren Charakter erforscht zu haben.

Léger trifft die böse Prinzessin Fourbette.

König Turbulent war entzückt von der Aussicht, auf diese Weise seine Tochter loszuwerden, die nämlich in Wahrheit ein eifersüchtiges, stolzes und bösartiges Wesen hatte. Fourbettes Anwesenheit im Palast, die ständigen Ruhestörungen durch ihre Streifzüge nach oberflächlichen Vergnügungen, durch die Jagd und verschiedenste weitere Belustigungen waren ihm ein Grauen. Somit gab er, ohne auch nur einen klitzekleinen Moment zu zögern, der Bitte des Ministers Léger nach, der wiederum mit der Prinzessin auf kürzestem Wege zum Königreich seines guten Königs Bénin aufbrach. Begleitet wurde die Prinzessin Fourbette von viertausend Maultieren, voll beladen mit Edelsteinen und den zahllosen Kleidungstücken der schönen Braut.

König Bénin, der durch einen Kurier bereits von ihrem Kommen unterrichtet worden war, ging der Prinzessin freudig entgegen. Obgleich er sie wunderschön fand, vermisste er doch zugleich das milde, anziehende Wesen seiner armen verstorbenen Königin Doucette. Als Fourbette das erste Mal ihre Augen auf Blondine richtete, war ihr Blick derart grausam und böse, dass das arme, nunmehr drei Jahre alte Kind zutiefst erschrak und bitterlich zu weinen anfing.

„Was ist los?“, fragte der König verwundert: „Warum weint meine süße und vernünftige Blondine wie ein ungezogenes kleines Mädchen?“

„Papa, lieber Papa“, rief Blondine weinend und warf sich in die Arme des Königs: „Bitte gib mich nicht in die Hände dieser fremden Prinzessin. Ich habe große Angst vor ihr. Ihre Augen sind so grausam!“

Der König war dermaßen erstaunt, dass er darauf nichts zu entgegnen wusste, sich urplötzlich nach der Prinzessin

Fourbette umdrehte und dieser dadurch keine Zeit sich zu beherrschen ließ. Und so konnte auch er den schrecklichen Blick sehen, mit dem Fourbette die kleine Blondine angeschaut hatte. Zutiefst beunruhigt, beschloss er augenblicks, Blondine gänzlich von der neuen Königin fernzuhalten und sie wie gehabt unter dem ausschließlichen Schutz des Kindermädchens zu belassen. Die Dienerin hatte sich immer treu um Blondine gekümmert und liebte das kleine Mädchen zärtlich. Auf diese Weise sah die neue Königin Blondine nur selten. Und wenn sie die Prinzessin zufällig traf, konnte sie ihren Hass ihr gegenüber kaum verbergen.

Ungefähr ein Jahr nach diesem Ereignis gebar die Königin Fourbette eine Tochter. Aufgrund ihrer dunklen Haare, die schwarz wie Rabenflügel glänzten, wurde sie Brunette genannt. Brunette war recht hübsch, aber keinesfalls so schön wie Blondine. Darüber hinaus hatte sie leider die Bösartigkeit ihrer Mutter geerbt. Und so verabscheute Fourbette ihre Stiefschwester Blondine und trieb allerlei hinterhältige Spiele mit ihr. Fourbette biss sie, kniff sie, zog sie an den Haaren, zerbrach ihr Spielzeug und zerriss ihre wunderschönen Kleider.

Die herzensgute kleine Blondine jedoch geriet darüber niemals in Zorn, sondern versuchte im Gegenteil allzeit das Verhalten ihrer Schwester zu entschuldigen.

„Oh Papa!“, sagte sie zum König: „Schimpf nicht mit Brunette. Sie ist doch noch so klein! Sie weiß nicht, dass sie mir wehtut, wenn sie meine Spielsachen zerbricht! Es geschieht nur im Eifer des Spiels, wenn sie mich beißt, mich an den Haaren zieht und kneift.“

Der gute König wurde in solchen Augenblicken ganz still und umarmte seine kleine Tochter. Denn im Geheimen wusste er nur zu gut, dass Brunette grausam und bösartig war und seine kleine Blondine viel zu sanftmütig, unschuldig und gut, als dass sie die Gemeinheiten ihre Schwester auch nur hätte erahnen können. Doch dadurch liebte er Blondine von Tag zu Tag nur noch mehr und sein Herz erkaltete für Brunette.

Die ehrgeizige Königin Fourbette sah diese Entwicklung mit klarem Blick und hasste deshalb die unschuldige und sanfte Blondine nur noch mehr. Hätte sie nicht den Zorn des gerechten Königs Bénin gefürchtet, schon längst wäre Blondine durch die Bösartigkeiten der Königin zum allerunglücklichsten Kind der Welt gemacht worden. Bénin jedoch hatte in weiser Voraussicht befohlen, Blondine niemals mit der Königin allein zu lassen. Und da der König nicht nur für seine Gerechtigkeit und Güte, sondern auch für seine äußerste Strenge gegenüber Ungehorsam bekannt war, wagte es die Königin nicht, sich seinen Befehlen zu widersetzen.

Blondine verirrt sich

Die Zeit verging. Blondine war mittlerweile sieben Jahre alt geworden und Brunette drei. Zum Geburtstag hatte der König seiner Blondine eine kleine, von zwei Straußen gezogene Kutsche geschenkt, und einen zehnjährigen Kutscher zur Seite gestellt, welcher der Neffe des Kindermädchens war. Der kleine Diener namens Gourmandinet liebte Blondine zärtlich. Seit ihrer Geburt war er ihr Spielfreund und Blondine hatte ihm tausende Liebenswürdigkeiten erwiesen. Tragischer Weise besaß Gourmandinet jedoch einen schrecklichen Fehler. Er war ein naschhafter Schlemmer, dermaßen süchtig nach Leckerbissen und Süßigkeiten, dass er selbst für ein klebriges Bonbonpapier nahezu jede böse Schandtat begangen hätte. Blondine sagte deshalb oft zu ihm:

„Ich liebe dich von ganzem Herzen, mein Gourmandinet. Aber deine unglaubliche Gefräßigkeit mag ich gar nicht. So flehe ich dich an, beseitige endlich diesen abscheulichen

Fehler, der dich früher oder später vor der ganzen Welt verachtenswert machen wird."

Gourmandinet küsste dann jedes Mal schuldbewusst ihre Hand und versprach sich zu bessern. Aber leider stahl er auch weiterhin den Kuchen aus der Küche und die Bonbons aus dem Vorratsraum. Oft wurde er für diesen Ungehorsam und seine maßlose Gefräßigkeit streng bestraft, doch ohne Erfolg.

Die Königin Fourbette hörte von den Vorwürfen, mit denen der Diener von allen Seiten überschüttet wurde. Und sie war listig genug, aus Gourmandinets Schwäche ihren Nutzen zu ziehen, um die arme Blondine ein für alle Mal loszuwerden.

Der Schlosspark, in dem Blondine mit ihrer kleinen Straußenkutsche und ihrem kleinen Kutscher Gourmandinet spazieren fuhr, war nur durch einen eisernen Gitterzaun von dem unermesslich großen Wald getrennt, der direkt an den lichten Park angrenzte. Alle nannten ihn nur den Fliederwald, da seine zahlreichen Fliederbüsche das ganze Jahr über prächtig blühten. Doch niemand wagte ihn zu betreten. Denn jeder wusste, dass der Wald verzaubert war und dass es für denjenigen, der ihn einmal betreten hatte, keinen Rückweg gab.

Auch Gourmandinet kannte dieses schreckliche Geheimnis. Und so war es ihm strengstens verboten, die Kutsche Blondines in Richtung des Fliederwaldes zu lenken, damit Blondine nicht durch irgendeinen Zufall den Gitterzaun übersteigen und ihre kleinen Füße auf den verwunschenen Boden setzen könne.

Viele Male schon hatte der König verlangt, eine Mauer in der ganzen Länge des Gitterzauns zu errichten oder aber anderweitig den Zugang zum Fliederwald zu begrenzen. Aber so schnell wie die Arbeiter auch das Fundament bauten, eine unbekannte, unsichtbare Kraft war schneller als sie und ließ die gerade erst angehobenen Mauersteine vor ihren Augen einfach im Nichts verschwinden.

Um ihren finsteren Plan in die Tat umzusetzen, suchte die Königin Fourbette nun die Freundschaft des gefräßigen Gourmandinet zu erlangen, indem sie ihm jeden Tag die köstlichsten Leckerbissen zusteckte. Schon bald hatte sie ihn auf diese Weise so vollständig zum Sklaven seiner Gelüste gemacht, dass er ohne die vielen Süßspeisen, Bonbons und Kuchen keinen Augenblick länger leben konnte. Und damit war endlich der Zeitpunkt gekommen, wo sie ihn zu sich rief:

„Mein gefräßiger kleiner Gourmandinet. Ab heute liegt es ganz allein in deiner Hand, ob du von mir eine große Kiste voller Bonbons und köstlichster Leckereien erhalten oder aber niemals mehr in deinem Leben diese Süßigkeiten genießen wirst."

„Niemals mehr Süßigkeiten ...! Oh weh, meine Herrin ...! Diese furchtbare Strafe wäre mein sicherer Tod! Sagen sie mir schnell, was ich machen soll, um diesem schrecklichen Schicksal zu entgehen."

„Nichts weiter musst du tun, als die Prinzessin Blondine in die Nähe des Fliederwaldes zu fahren", antwortete die Königin mit starrem Blick.

„Oh nein, das kann ich nicht, meine Herrin. Der König hat es verboten!"

„Ach, du kannst es nicht? Nun gut, dann adieu mein kleiner Vielfraß. Nie mehr Leckerbissen ein Leben lang. Jedem im Palast werde ich befehlen, dir keine Leckereien mehr zu geben."

„Oh, meine Herrin", rief Gourmandinet bitterlich weinend: „Seien sie nicht so grausam zu mir. Geben Sie mir einfach nur einen Befehl, den ich auch auszuführen vermag."

„Ich kann nur wiederholen, dass du die Prinzessin Blondine in die Nähe des Fliederwaldes zu fahren hast. Überrede sie dazu, aus der Kutsche auszusteigen, über den Gitterzaun zu klettern und den verwunschenen Wald zu betreten."

„Aber, Herrin", antwortete Gourmandinet leichenblass: „Wenn die Prinzessin den Wald betritt, kann sie ihm nie wieder entfliehen. Sie kennen doch diese schreckliche Strafe. Meine liebe Prinzessin dorthin zu locken, bedeutet ihren sicheren Tod!"

„Zum dritten und letzten Mal", schrie die Königin wütend auf und runzelte fürchterlich die Stirn: „Wirst du nun die Prinzessin in den Wald bringen oder nicht? Wähle, Fresssack! Sofort! Entweder eine riesige Kiste voller Bonbons, die ich jeden Monat wieder auffüllen werde, oder aber niemals mehr auch nur einen deiner heiß geliebten Leckerbissen!"

„Aber, wenn ich das tue. Wie könnte ich der furchtbaren Strafe entgehen, die seine Majestät zurecht über mich verhängen wird?"

„Darüber mach dir keine Sorgen! Sobald du Blondine in den Fliederwald gelockt hast, eile sofort zu mir. Ich selbst werde dich und deine Bonbons aus der Reichweite des Königs bringen und mich um deine glückliche Zukunft kümmern."

„Oh, meine gnädige Herrin. Haben sie doch Mitleid mit mir. Zwingen sie mich nicht, meine liebe Prinzessin der sicheren Vernichtung preiszugeben. Sie, die allezeit so gut zu mir gewesen ist!"

„Was? Du zögerst noch immer, elender Feigling! Was interessiert dich Blondines Schicksal? Gehorchst du meinen Befehlen, sorg ich persönlich dafür, dass du in den Dienst Brunettes eintrittst. Außerdem erkläre hiermit feierlich, dass niemals dir die Bonbons ausgehen werden!"

Auf diesen letzten Satz hin hielt Gourmandinet einen Moment inne und beschloss doch tatsächlich, seine gute kleine Herrin seiner unheilvollen Gefräßigkeit zu opfern. Kurz darauf aber überkam ihn schon wieder die Reue. Und so verbrachte er den Rest des Tages und auch die ganze Nacht unter bitteren Tränen damit, einen Weg zu finden, wie er der Gewalt der bösen Königin entrinnen könnte. Aber die Gewissheit der unerbittlichen Rache seiner Herrin, wie auch die Hoffnung, Blondine zu einem späteren Zeitpunkt vielleicht mit Hilfe einer mächtigen Fee retten zu können, veranlassten ihn, der Königin zu gehorchen.

Blondine hatte ihre kleine Kutsche am nächsten Morgen für zehn Uhr bestellt. Und nachdem sie ihren Vater, den König Bénin, umarmt und ihm versprochen hatte, nach zwei Stunden zurück zu sein, begab sie sich fröhlich auf ihre Spazierfahrt. Der Schlosspark war riesig und der listige Gourmandinet lenkte die Straußen zunächst ganz bewusst weg vom Fliederwald. Als sich die Kutsche jedoch außer Sichtweite des Palastes befand, wendete er und lenkte die Straußen über Umwege in Richtung des verbotenen Gitterzauns zum Zauberwald. Gourmandinet war traurig und still. Sein Verbrechen lastete schwer auf seinem Herzen und Gewissen.

„Was ist los mit dir?“, fragte Blondine freundlich. Du sagst heute gar nichts. Bist du etwa krank, Gourmandinet?“

„Nein, meine Prinzessin. Mir geht es gut.“

„Aber du bist so blass! Erzähle mir, was dich bekümmert, armer Junge. Und ich versprech dir, alles in meiner Macht Stehende zu tun, um dich wieder glücklich zu machen.“

Blondines liebenswürdige Fragen hatten schon fast das harte Herz Gourmandinets besänftigt. Aber die süße Erinnerung an die versprochenen Bonbons der bösen Königin Fourbette jagten schon bald seine guten Vorsätze wie leichte Federwölkchen hinfort. Noch bevor Gourmandinet antworten konnte, hatten die Straußen bereits den Gitterzaun zum Fliederwald erreicht.

„Oh, der wunderschöne Flieder!“, rief Blondine erstaunt und voller Entzücken: „Ach, wie er duftet, wie köstlich! Unbedingt muss ich einen Strauß dieser wunderschönen Blumen für meinen Vater haben. Schnell, Gourmandinet, steig ab und bring mir ein paar jener prächtigen Fliederzweige.“

„Aber, Prinzessin. Ich darf die Kutsche nicht verlassen. Die Straußen könnten während meiner Abwesenheit mit dir davon laufen.“

„Ach wo, mach dir keine Sorgen“, antwortete Blondine: „Ich kann die Straußen selbst zum Palast meines Vaters lenken.“

„Aber der König würde mich schrecklich ausschimpfen, wenn er sieht, dass ich dich im Stich gelassen habe, Prinzessin. Deshalb ist es das Beste, wenn du dir selbst deine Blumen pflückst.“

„Das ist wahr. Und ich würde es sehr bedauern, wenn du wegen mir eine Schelte bekommst, mein armer Gourmandinet."

Noch während dieser Worte sprang Blondine leichtfüßig aus der Kutsche, kletterte geschickt über die eisernen Gitterstäbe und begann die herrlichen Blumen zu pflücken. Im selben Moment überfiel Gourmandinet ein schrecklicher Schauder und tiefe Gewissensbisse überwältigten ihn. Augenblicks beschloss er seinen Fehler wieder gutzumachen und rief nach Blondine. Doch obwohl sie nur zehn Schritt von ihm entfernt war und er sie ganz genau sehen konnte, vermochte sie ihn nicht zu hören. Und schon nach kurzer Zeit war sie Blumen pflückend im Zauberwald verschwunden.

Eine ganze Weile vergoss Gourmandinet bittere Tränen über sein schreckliches Verbrechen, verfluchte immer aufs Neue seine unheilvolle Gefräßigkeit und war voller Verachtung für die böse Königin Fourbette. Doch als die Stunde nahte, da Blondine im Palast zurückerwartet wurde, trat er ängstlich den Rückweg an, betrat heimlich durch den Hintereingang die Ställe und rannte sogleich zur Königin, die ihn bereits voller Ungeduld erwartete. Als er mit furchtbaren Gewissensbissen so totenbleich und mit Tränen geröteten Augen vor ihr stand, wusste sie sofort, was mit Blondine geschehen war.

„Ist es vollbracht?", fragte sie frohlockend.

Gourmandinet nickte bejahend mit seinem Kopf, da ihm die Kraft zum Sprechen fehlte.

„Dann komm", sagte sie: „Nimm deine Belohnung in Empfang!"

Die Königin zeigte auf eine große Kiste voll der köstlichsten Bonbons und befahl einem Kammerdiener diese auf einem der Maultiere zu befestigen, die einst ihre Juwelen getragen hatten.

„Hier, Gourmandinet! Ich übergebe dir diese Kiste. Nimm sie mit zu meinem Vater und komm in einem Monat mit ihr zurück, damit ich sie dir erneut füllen kann.“ Außerdem drückte sie ihm verstohlen einen Beutel voller Goldstücke in die Hand.

Ohne ein Wort zu sagen, bestieg Gourmandinet das Maultier und ritt mit ihm davon. Das Tier jedoch war störrisch und eigensinnig und begann gar bald unter dem Gewicht der Kiste unruhig zu tänzeln und zu treten. So dauerte es nicht lange, da warf es ihn bereits auf den Boden. Gourmandinet, der niemals zuvor auf einem Pferd oder Maultier geritten war, fiel mit seinem Kopf derart unglücklich auf einen Stein, dass er auf der Stelle verstarb. Auf diese Weise kam er nicht einmal in den Genuss seines Gewinns, den er sich durch sein Verbrechen verdient hatte. Niemand trauerte um ihn, niemand vermisste ihn und niemand außer der armen Blondine hatte ihn je geliebt.

Der geheimnisvolle Fliederwald

Als Blondine den Fliederwald betrat, begann sie augenblicks mit dem Sammeln der wunderschönen Fliederzweige. Selbstvergessen erfreute sie sich an der überwältigenden Blütenfülle und deren außerordentlichem Wohlgeruch. Und wie sie so immer aufs Neue voller Entzücken ihre Auswahl traf, schien es ihr doch gerade so, als ob jene Blütenzweige, die entfernter hingen, noch viel schöner waren, als die, welche sie gerade gepflückt hatte. Und so leerte sie immer aufs Neue ihre vollgefüllte Schürze und pflückte die prächtigen Blütenzweige. Fast eine Stunde war Blondine bereits damit beschäftigt, als sie allmählich unter der großen Hitze und einer seltsamen Müdigkeit zu leiden begann. Die Fliederzweige wurden unerklärlicher Weise immer schwerer und sie dachte, dass es nun Zeit zum Palast zurückzukehren sei. So schaute sich nach dem Rückweg um. Doch oh weh, überall sah sie nur dichte Fliedersträucher. Zitternd rief sie nach Gourmandinet, doch niemand antwortete ihr.

„Offensichtlich bin ich viel weiter gewandert als beabsichtigt. Sofort werde ich umkehren. Gewiss wird Gourmandinet mich irgendwann hören und mir entgegenkommen."

So machte sich Blondine eilig auf den Weg, rief viele Male ängstlich nach Gourmandinet ohne eine Antwort zu erhalten und ohne die Grenze des Waldes zu finden. Und schließlich und endlich bekam sie schreckliche Angst.

„Oh je, was wird mit mir ganz alleine in diesem riesengroßen Wald geschehen? Was wird nur mein armer Vater denken, wenn ich nicht wiederkomme? Und Gourmandinet, wird er es wagen, ohne mich zum Palast zurückzukehren? Wenn ja, wird er ausgeschimpft oder gar geschlagen. Und alles das ist meine Schuld, weil ich die Kutsche verlassen habe, um Flieder zu pflücken! Unglückliches Mädchen, das ich bin! Soll ich also verdursten und vor Hunger sterben in diesem dunklen Wald, wenn mich nicht zuvor in dieser Nacht schon die Wölfe fressen?"

Bitterlich weinend, fiel Blondine auf den weichen Waldboden genau am Fuße eines mächtigen Baumes. So weinte sie eine ganze Weile vor sich hin, doch endlich siegte die große Müdigkeit über ihre tiefe Trauer. Still legte sie ihren kleinen Kopf auf das Bündel duftender Fliederzweige und schlief friedlich ein.

Blondines Erwachen – Beau-Minon

Blondine schlief selig die ganze Nacht. Kein wildes Tier kam, um ihren sanften Schlummer zu stören. Auch litt sie nicht unter der Kälte und erwachte erst spät am Morgen. Mehr als überrascht rieb sich Blondine die Augen, als sie anstatt ihres Zimmer im Palast des Vaters überall nur Bäume sah. Warum nur lag sie nicht in ihrem Bett? Verwirrt rief sie nach ihrem Kindermädchen, doch nur ein sanftes Miauen kam als Antwort. Erstaunt und ein wenig ängstlich drehte sie sich in Richtung des Geräuschs und erblickte zu ihren Füßen eine herrliche weiße Katze, die sie sanft anschaute und traurig mit dem Miauen fortfuhr.

„Ach, niedliche Mieze! Wie wunderschön du bist!“, rief Blondine und legte ihre kleine Hand sanft auf das weiche Fell, das weiß wie Schnee leuchtete: „Ich bin so froh, dich zu sehen, entzückendes kleines Kätzchen, da du mich bestimmt zu dir nach Hause mitnehmen wirst. Tatsächlich bin ich nämlich sehr hungrig und habe nicht die Kraft, ohne Essen weiterzulaufen.“

Blondine hatte diese Worte kaum ausgesprochen, als das weiße Kätzchen erneut zu miauen begann und mit ihrer kleinen Pfote auf ein kleines Päckchen zeigte, das sorgfältig in feines weißes Leinentuch eingewickelt worden war. Sie öffnete es und entdeckte darinnen Brot und Butter, welche sie gar köstlich fand. Die übrig gebliebenen Krümel schenkte sie der Miezekatze, die sie anscheinend mit Vergnügen verspeiste. Als beide ihr einfaches Mahl beendet hatten, beugte sich Blondine zu ihrem kleinen Gesellschafter und sagte sanft:

„Dankeschön, niedliche Mieze, für das leckere Frühstück, das du mir beschert hast. Nun kannst du mich zu meinem Papa führen, der wegen meiner Abwesenheit gewiss schon in großer Sorge ist?"

Das Miezekätzchen, dem Blondine aus einem Gefühl heraus den Namen Beau-Minon gegeben hatte, schüttelte seinen Kopf und miaute traurig.

„Ah, du verstehst mich, Beau-Minon", sagte Blondine erleichtert: „Ich flehe dich an, habe Mitleid mit mir. Wenn nicht zum Palast meines Vaters, dann führe mich zu einem anderen Haus, bevor ich in diesem riesengroßen Wald vor Hunger, Kälte und Angst sterbe!"

Beau-Minon schaute unverwandt auf die Prinzessin und gab ihr mit seinem kleinen anmutigen Köpfchen ein Zeichen, welches zu bedeuten schien: „Ich verstehe dich." Dann erhob sich das Kätzchen, lief einige Schritte vorwärts und hielt inne, um zu sehen, ob Blondine ihr auch wirklich folgte.

„Ich bin hier, Beau Minon. Ich folge dir gern. Aber wie sollen wir dieses Dickicht durchqueren? Ich sehe keinen Weg."

Beau-Minon gab keine Antwort, sondern sprang stattdessen gelassen ins Unterholz, das sich im selben Moment von ganz alleine öffnete. Und kaum waren Blondine und Beau-Minon hindurch geschlüpft, schloss es sich auch schon wieder hinter ihnen. Blondine und Beau-Minon liefen ungefähr eine halbe Stunde. Und je weiter sie vorwärts schritten, desto heller wurde der Wald, das Gras feiner und die Blumen zahlreicher. Auch erblickte sie viele schöne Vögel, die melodisch sangen und anmutige Eichhörnchen, die flink die großen Zweige der Bäume entlang flitzten. Blondine, die nicht einen Moment daran zweifelte, dass sie kurz davor waren, den Wald zu verlassen, um irgendwann auch ihren lieben Vater wiederzusehen, war wie verzaubert von all den schönen Dingen, die sie sah. Hin und wieder wünschte sie zu verweilen, um die wunderbaren wilden Blumen zu pflücken. Doch Beau-Minon schritt beständig vorwärts und miaute kläglich, wann immer Blondine in ihrem Tempo nachließ.

Nach etwa einer Stunde erblickte Blondine endlich ein elegantes Schloss. Beau-Minon führte sie zu einem vergoldeten Gitterzaun, der das Schloss umgab. Doch wusste Blondine nicht, wie sie eintreten sollte. Denn sie sah keine Klingel und das Tor war verschlossen. Und Beau-Minon ...? Der war unversehens verschwunden und Blondine erneut allein.

Bonne-Biche

Blondine hatte nicht bemerkt, wie Beau-Minon flink durch eine kleine Seitenpforte hindurchgehuscht war, die eigens für ihn gemacht zu sein schien. Vermutlich hatte er bereits die Bewohner des Schloss von ihrem Kommen unterrichtet, denn plötzlich öffnete sich wie von Geisterhand das Gittertor. Blondine betrat den Hof, sah jedoch niemanden. Auch die Schlosstür öffnete sich ohne ihr Zutun. Blondine betrat die mit seltenem Marmor verkleidete Eingangshalle. Alle Türen öffneten sich nun wie die erste und Blondine durchwanderte eine Flucht der wunderschönsten Räume. Als sie ganz am Ende in einem bezaubernden Salon mit blauen und goldenen Möbeln ankam, erblickte sie erstaunt eine weiße Hirschkuh, die grazil auf einem Bett aus feinem, duftendem Gras ruhte. Beau-Minon stand ganz in ihrer Nähe. Die wunderschöne Hirschkuh erhob sich sanft und ging auf Blondine zu.

„Sei herzlich willkommen, Blondine. Ich heiße Bonne-Biche. Mein Sohn Beau-Minon und ich haben dich seit langem schon erwartet."

Blondine erschrak heftig bei diesen geheimnisvollen Worten.

„Keine Sorge, Prinzessin! Fasse Mut. Du bist bei Freunden. Ich kenne den König Bénin, deinen Vater und liebe ihn sehr. Und dich habe ich ebenso lieb."

„Oh Madame", sagte Blondine. „Wenn du den König, meinen Vater kennst, dann flehe ich dich an. Bitte führe mich augenblicks zurück zu ihm. Meine Abwesenheit muss ihn sehr unglücklich machen."

„Meine liebe Blondine", sagte die Hirschkuh tief seufzend: „Leider liegt es nicht in meiner Macht, dich zu deinem Vater zurückzuführen. Du bist in der Gewalt des Zauberers des Fliederwaldes. Ich selbst bin seiner dunklen Kraft unterworfen, die mächtiger ist als die meine. Doch kann ich deinem Vater sanfte Träume schicken, die ihn über dein Schicksal beruhigen werden und ihn wissen lassen, dass du bei mir in Sicherheit bist."

„Oh, Madame!", erwiderte Blondine in einem Anfall tiefsten Schmerzes: „Soll ich niemals mehr meinen Vater wiedersehen, den ich so sehr liebe? Ach, mein armer Vater ...!"

„Liebe Blondine, sorge dich nicht um die Zukunft. Weisheit und Geduld werden immer belohnt. Du wirst deinen Vater wiedersehen, aber nicht jetzt. Bis dahin sei tapfer und gut. Beau-Minon und ich werden alles in unserer Macht Stehende tun, um dich glücklich zu machen."

Blondine seufzte schwer und vergoss einige Tränen. Doch dann dachte sie, dass ihre Schmerzensbekundungen ein schlechter Lohn für all die Güte Bonne-Biches seien. Und so beschloss sie sich zu beherrschen und fröhlich zu sein.

Bonne-Biche nahm Blondine mit sich, um ihr die Räume zu zeigen, die sie für sie vorbereitet hatte. Blondines Bett war mit rosenfarbenen, goldbestickten Seidentüchern behangen, die Möbel bespannt mit weißem Samt und durchwirkt mit Seide in den leuchtendsten Farben, bestickt mit den allerseltensten Tieren, Vögeln und Schmetterlingen. Direkt neben Blondines Schlafzimmer lag ein kleines Arbeitszimmer, dessen Wände mit himmelblauen Damast bespannt waren. Die Möbel zierte ein kostbarer Bezug aus feinster Moiré-Seide und glitzernden Türkisnägeln. Und an den Wänden hingen die prächtigen Porträts einer bezaubernden jungen Frau und eines schönen jungen Mannes, bei denen man sofort erkannte, dass sie von Königlichem Geblüte waren.

„Wer sind die beiden, Madame?“, fragte Blondine neugierig Bonne-Biche.

„Leider ist es mir verboten, dir diese Frage zu beantworten. Du wirst es später noch erfahren. Doch nun ist es Zeit zu speisen. Komm, Blondine. Ich bin mir ganz sicher, dass du hungrig bist.“

Blondine war in der Tat sehr hungrig. Und so folgte sie Bonne-Biche in das Speisezimmer, wo sie einen seltsam angerichteten Tisch erblickte. Für Bonne-Biche lag ein gewaltiges Kissen aus himmelblauem Satin auf dem Fußboden. Auf dem Tisch vor ihr befand sich eine Schale voll der erlesensten Kräuter, frisch und nahrhaft. Daneben stand ein goldener Krug gefüllt mit frischem, glasklarem Wasser. Auf der anderen Seite des Tisches erblickte sie einen kleinen Stuhl offensichtlich für Beau-Minon, davor einen kleinen Goldnapf gefüllt mit Speisen und eine Kristallschale mit frischer Milch.

Zwischen den Plätzen von Beau-Minon und Bonne-Biche hatte man für Blondine aufgetafelt. Ihr Stuhl war aus geschnitztem Ebenholz, bespannt mit purpurrotem Samt und verziert mit kostbaren Diamantnägeln. Vor ihr stand ein reich verzierter goldener Teller, gefüllt mit einer köstlichen Gemüsesuppe und daneben ein kleines Milchbrötchen. Ihr Glas und ihre Wasserflasche waren aus reinstem Bergkristall, das Besteck aus Gold und ihre Serviette aus dem feinsten Leinen, das man je gesehen hatte. An der Tafel bedienten wundersam geschickte Gazellen. Sie zerteilten die Speisen, gossen ein und lasen jeden Wunsch Blondines, Bonne-Biches und Beau-Minons von den Lippen ab. Das Essen war vom Feinsten, das Gebäck und die Bonbons unübertrefflich und Blondine aß von jedem etwas. Und nach dem mehr als köstlichen Mahl führten Bonne-Biche und Beau-Minon die Prinzessin in den Garten, in dem schon die köstlichsten Früchte und beschaulichsten Wege auf sie warteten. Endlich kehrte Blondine mit ihren neuen Freunden müde und erschöpft von dem ganz und gar bezaubernden Spaziergang zum Schloss zurück.

Bonne-Biche schlug vor, dass sie sich doch erst einmal schlafen legen solle. Blondine war dies nur recht. In ihrem Schlafzimmer warteten bereits zwei niedliche Gazellen auf sie. Sie zogen die Prinzessin aus, legten sie ins Bett und setzten sich neben sie aufs Sofa, um ihren Schlaf zu behüten. Und nachdem Blondine innig an ihren lieben Vater gedacht und einige bittere Tränen über ihre grausame Trennung vergossen hatte, schlief sie friedlich ein.

Blondines zweites Erwachen

Blondine schlief tief und fest. Und als sie endlich erwachte, fand sie sich völlig verändert. Ja, in der Tat schien es ihr, als ob sie nicht mehr dieselbe Person wäre. Denn sie fühlte sich viel größer, ihr Verstand schien urplötzlich entwickelt, ihr Wissen erweitert. Auf für sie völlig unerklärliche Weise erinnerte sie sich an eine Menge Bücher, die sie während ihres Schlafs gelesen zu haben glaubte. Auch war sie sich sicher, dass sie im Traum geschrieben, gemalt, gesungen und auf dem Klavier und der Harfe gespielt hatte. Doch als sie sich umschaute, erkannte sie erstaunt, dass sie sich noch immer in dem Zimmer befand, in dem sie eingeschlafen war. Verwirrt und beunruhigt stand sie auf und rannte zum Spiegel. Nun erst erkannte sie, dass sie tatsächlich sehr gewachsen war. Doch fand sie sich entzückend, hundert Mal schöner als in der Nacht zuvor, da sie sich schlafen gelegt hatte. Ihre schönen blonden Haare fielen in sanften Locken bis zu ihren Füßen, ihre Gesichtsfarbe war zart wie Lilien und Rosen, ihre Augen himmelblau, ihre Nase auf wunderschöne Weise geformt, ihre Wangen rosig wie der Morgen und ihre Gestalt aufrecht und anmutig. Mit wenigen Worten, Blondine hielt sich für das schönste Mädchen, das sie je gesehen hatte. Zitternd, fast ein wenig ängstlich, zog sie sich an und rannte dann eilig los, um Bonne-Biche zu suchen. Sie fand sie glücklich in dem Zimmer, wo sie sie zuerst gesehen hatte.

„Bonne-Biche, Bonne-Biche!", rief Blondine aufgewühlt: „Ich flehe dich an, bitte erkläre mir die seltsame Veränderung, die ich deutlich an mir sehe und in mir fühle. Letzte Nacht ging ich als Kind schlafen und am Morgen erwachte ich als ein junges Mädchen. Ist dies nur eine Täuschung, ein wirrer Traum oder aber bin ich tatsächlich gewachsen? Habe ich mich entwickelt in dieser Nacht?"

„Ja, meine liebe Blondine, du bist tatsächlich gewachsen. Heute ist dein vierzehnter Geburtstag, denn du hast sieben Jahre lang friedlich geschlafen. Mein Sohn Beau-Minon und ich wollten dir all die ermüdenden Anstrengungen des frühen Lernens ersparen. Als du das erste Mal das Schloss betratest, wusstest du nichts, nicht einmal wie man liest. Ich habe dich für sieben Jahre in einen tiefen Schlaf versetzt. Und in dieser Zeit verbrachten Beau-Minon und ich jeden Tag damit, dich im Schlaf in den verschiedensten Dingen zu unterrichten. An dem verwunderten Ausdruck deiner süßen Augen, liebe Prinzessin, sehe ich dass du an meinen Worten zweifelst. Deshalb komm in dein Arbeitszimmer und überzeuge dich selbst."

Klopfenden Herzens folgte Blondine Bonne-Biche in den kleinen Raum. Zunächst lief sie zum Klavier, begann zu spielen und fand, dass sie ausgezeichnet spielte. Darauf versuchte sie sich an der Harfe, erzeugte die hinreißendsten Klänge und sang auch noch bezaubernd dazu. Dann nahm sie Tusche und Pinsel und malte mit wundersamer Leichtigkeit, die wahres Talent erkennen ließ. Auch schrieb sie einige Sätze und fand ihre Handschrift klar und elegant. Sie blickte auf die zahllosen Bücher, die überall in den Regalen standen und erkannte, dass sie alle gelesen hatte. Völlig überrascht und entzückt legte sie ihre Arme um Bonne-Biches und Beau-Minon, umarmte sie zärtlich und sagte schließlich:

„Oh, meine lieben guten Freunde! Was für eine große Dankbarkeit schulde ich euch dafür, dass ihr so treu über meine Kindheit gewacht, so sorgsam meinen Verstand und mein Herz entwickelt habt. Ja, ich fühle, wie sehr ich mich in jeder Hinsicht verbessert habe. Und all dies verdanke ich euch!“

Bonne-Biche erwiderte gerührt Blondines Zärtlichkeiten und Beau-Minon tätschelte liebevoll die Hand der Prinzessin. Als die ersten glücklichen Augenblicke vorüber waren, schlug Blondine plötzlich ihre Augen nieder und sagte schüchtern:

„Haltet mich bitte nicht für undankbar, meine lieben guten Freunde, wenn ich euch nun bitte, noch etwas zu den Wohltaten hinzuzufügen, die ihr mir sieben Jahre lang so freigiebig gewährt habt. Erzählt mir etwas über meinen Vater. Weint er noch über mein Verschwinden? Konnte er wieder glücklich werden, nachdem er mich verloren hatte?“

„Liebe Blondine, deine Sorge ist nur verständlich und du sollst augenblicks von ihr befreit werden. Schau in den Spiegel. Dort wirst du den König, deinen Vater sehen und alles, was geschehen ist, seitdem du den Palast verlassen hast.“

Blondine legte ihre Arme um Bonne-Biche.

Neugierig richtete Blondine ihre Augen auf den Zauberspiegel und blickte direkt in das Zimmer ihres Vaters. Der König wirkte sehr erregt und lief hastig auf und ab. Fast schien es, als warte er auf irgendjemanden. Da plötzlich trat die Königin Fourbette ein und berichtete ihm, dass Blondine gegen den Willen Gourmandinets die Zügel ihrer Kutsche ergriffen und die Straußen direkt in Richtung des Fliederwaldes gelenkt hätte. Die Straußen wären ängstlich losgestürzt, hätten die Kutsche umgeworfen und Blondine über den Gitterzaun geschleudert, der den verwunschenen Wald begrenzte. Als Blondine bemerkt habe, dass Gourmandinet durch den Schreck und den Kummer verrückt geworden sei, hätte sie ihn nach Hause zu ihren Eltern zurückgeschickt. Der König geriet ob dieser Neuigkeiten in wilde Verzweiflung. Augenblicks rannte er zum Fliederwald und nur mit Gewalt konnte man ihn davon abhalten, sich gegen die Abgrenzung zu werfen, um selbst nach seiner teuren Blondine zu suchen. Die Diener brachten ihn zum Palast zurück, wo er sich der furchtbarsten Trauer und Verzweiflung hingab, und dabei wie im Fieber unaufhörlich nach seiner lieben Blondine rief. Schließlich schlief er vom Kummer überwältigt ein und erblickte im Traum sein geliebtes Kind im Schloss von Bonne-Biche und Beau-Minon. Bonne-Biche gab ihm die süße Gewissheit, dass seine kleine Tochter eines Tages zu ihm zurückkehren und ihre Kindheit still und glücklich sein würde.

Für einen Moment verschwamm das Spiegelbild, um kurz darauf erneut kristallklar das Geschehene anzuzeigen. Blondine erblickte ihren Vater ein zweites Mal. Er war alt geworden, sein Haar weiß wie Schnee und sein Gesichtsausdruck betrübt. In seinen zitternden Händen hielt er ein kleines Porträt seiner lieben Blondine. Dicke Tränen fielen auf das Bild und ab und an führte er es schluchzend an seine Lippen. Der König war ganz allein. Weder sah Blondine die Königin noch Brunette. Da weinte sie bitterlich:

„Oje ! Warum ist mein lieber Vater nur so allein? Wo ist die Königin, wo Brunette?“

„Die Königin zeigte so wenig Trauer über deinen Tod, meine Prinzessin, dass das Herz deines Vaters ihr gegenüber mit großem Argwohn erfüllt wurde und er sie zurück zu König Turbulent, ihrem Vater, schickte. Der sperrte sie zur Strafe in einen dunklen Turm, wo sie gar bald vor lauter Wut und Ärger gestorben sein soll. Alle Welt glaubt, dass du tot bist. Deine Schwester Brunette jedoch wurde derart bösartig und unerträglich, dass der König sie letztes Jahr mit dem Prinzen Violent verheiratet hatte. Dieser Prinz ist ernst und streng und hatte es sich zu Aufgabe gemacht, den Charakter der grausamen und neidischen Prinzessin zu verbessern. Und tatsächlich erkannte Brunette irgendwann, dass allein ihr böses Herz sie daran hinderte, glücklich zu sein, so dass sie endlich ihre Fehler zu korrigieren begann. Eines Tages wirst du sie wiedersehen, meine liebe Blondine.“

Blondine dankte Bonne-Biche herzlich für alle diese Einzelheiten. Und ihr Herz veranlasste sie zu fragen, wann sie ihren Vater und ihre Schwester wohl wiedersehen könne. Aber da sie befürchtete, undankbar zu erscheinen, beschloss sie mit ihrer Frage auf eine bessere Gelegenheit zu warten.

Die Tage gingen angenehm und still dahin. Blondine war sehr beschäftigt, aber manchmal traurig. Außer Bon-Biche hatte sie niemanden, mit dem sie sich unterhalten konnte. Und überdies sah Blondine sie nur während der Unterrichtsstunden und der Mahlzeiten. Beau-Minon aber konnte nicht sprechen und nur mit Hilfe von Zeichen sich verständlich machen. Die Gazellen umsorgten Blondine mit Intelligenz und Hingabe. Aber auch ihnen ward die Gabe der Sprache nicht gegeben.

Blondine ging jeden Tag spazieren, immer begleitet von Beau-Minon, der ihr die beschaulichsten und verborgensten Wege, die seltensten und schönsten Blumen zeigte. Doch musste Blondine Bonne-Biche feierlich versprechen, niemals die Einzäunung des Parks zu verlassen und niemals den Fliederwald zu betreten. Viele Male hatte Blondine nach dem Grund dieses Verbots gefragt. Tief seufzend hatte Bonne-Biche nur geantwortet:

„Ach, Blondine! Versuche nie den Wald zu durchdringen. Es ist ein unheilvoller Ort. Mögest du ihn niemals betreten."

Manchmal aber stieg Blondine hoch hinauf zu einen Pavillon auf einem einsamen Hügel, der nahe dem Fliederwald lag. Sehnsüchtig schaute sie dann auf die großen Bäume, die wunderbaren, verlockend duftenden Blumen, die Tausenden von anmutigen Vögeln, die lustig umherflatternd unaufhörlich ihren Namen zu rufen schienen.

„Oje!", seufzte sie: „Warum nur will mir Bonne-Biche nicht erlauben, in diesem wunderbaren Wald spazieren zu gehen? Welche Gefahr soll an einem so schönen Ort auf mich lauern, wo ich mich doch überdies unter ihrem Schutz befinde?"

Wann immer sie sich derartigen Überlegungen hingab, miaute Beau-Minon, der offensichtlich in ihrem Herzen zu lesen vermochte, gar jämmerlich, zerrte an ihrem Kleid und versuchte sie von dem Pavillon wegzuziehen. Blondine lächelte dann süß, folgte ihrem sanften Begleiter, um ihren stillen Spaziergang in dem einsamen Park wieder aufzunehmen.

Der Papagei

Sechs Monate waren so ins Land gegangen, seit Blondine aus ihrem siebenjährigen Schlaf erwachte. Der kleinen Prinzessin schien es eine lange Zeit. Doch die Erinnerung an ihren lieben Vater betrübte noch immer nur zu oft ihr kleines Herz. Bonne-Biche und Beau-Minon die tatsächlich in Blondines Herzen zu lesen vermochten, machte dies gleichermaßen traurig. Beau-Minon miaute dann jedesmal kläglich und Bonne-Biche stieß die allertiefsten Seufzer aus. Doch Blondine sprach nur selten über das, was sie andauernd beschäftigte, da sie fürchtete Bonne-Biche mit ihren Sorgen zu verletzen. Nicht umsonst hatte die schon dreimal zu ihr gesagt:

„Liebe Blondine, sorge dich nicht und habe Geduld! Wenn du fünfzehn Jahre alt bist, wirst du deinen Vater wiedersehen, aber nur, wenn du dich weiterhin so gut und klug verhältst. Also vertraue mir, mein liebes Kind. Sorge dich nicht um die Zukunft. Und vor allem, versuche niemals uns zu verlassen!“

Eines Morgens war Blondine wieder einmal sehr traurig und allein. Voller Sorgen grübelte sie über ihre eigentümliche und eintönige Existenz, als plötzlich drei sanfte Schläge an ihrem Fenster sie unversehens aus ihren Träumereien rissen. Als sie ihren Kopf hob, entdeckte sie einen Papageien mit wunderschönem orange-grünem Gefieder. Überrascht von der außergewöhnlichen Erscheinung dieses ihr völlig unbekannten Vogels öffnete sie das Fenster und bat ihn einzutreten. Wie groß jedoch war ihre Verwunderung, als der Papagei mit feiner deutlicher Stimme zu sprechen begann:

„Guten Tag, Blondine! Ich weiß, wie sehr du dich oft langweilst, weil du niemanden zum Reden hast. Ich habe Mitleid mit dir und bin gekommen, um mit dir zu plaudern. Nur bitte ich dich, erwähne niemals, dass du mich gesehen hast! Bonne-Biche würde mir dafür augenblicks den Hals abschneiden!"

„Warum, wunderschöner Papagei, sollte sie so etwas Böses tun? Bonne-Biche ist lieb und gut. Sie verletzt niemanden und verabscheut nur jene, die Böses im Schilde führen."

„Höre, Blondine! Wenn du mir nicht versprichst, meinen Besuch vor Bonne-Biche und Beau-Minon geheim zu halten, fliege ich augenblicks fort, um nimmer mehr wiederzukommen!"

„Nein, mein wunderschöner Papagei. Bitte nein, bleib bei mir. Da du es so sehr wünschst, verspreche ich dir hiermit zu schweigen! Und nun lass uns ein wenig plaudern. Es ist schon so lange her, dass ich Gelegenheit dazu hatte. Du scheinst mir lustig und geistreich zu sein, so dass ich nicht daran zweifle, dass du mich gut unterhalten wirst."

Voller Entzücken lauschte Blondine dem lebendigen Gespräch des geschwätzigen Papageien, der ausschweifend ihre Schönheit, ihren Verstand und ihre großen Talente lobte. Blondine war wie verzaubert. Nach etwa einer Stunde flog der Papagei abrupt auf, versprach aber am nächsten Tag wiederzukommen. Seitdem schaute er jeden Tag bei ihr herein, fuhr fort sie in den höchsten Tönen zu loben und köstlich zu unterhalten. Eines Morgens jedoch schlug er heftiger als sonst ans Fenster:

„Blondine, Blondine, schnell, öffne mir! Ich bringe dir Neuigkeiten von deinem Vater. Aber denk daran! Behalte alles für dich, wenn du nicht willst, dass man mir den Hals abschneidet!"

Blondine war überwältigt vor Freude. Sie öffnete das Fenster und rief voller Begeisterung:

„Ist es wirklich wahr, mein wunderschöner Papagei, dass du mir Neuigkeiten von meinem lieben Vater bringst? Sprich schnell! Was tut er gerade und wie geht es ihm?"

„Deinem Vater geht es gut, Blondine, aber er beweint alle Tage deinen Verlust. Ich musste ihm versprechen, meine ganze Kraft für deine Befreiung aus der Gefangenschaft einzusetzen. Aber wisse, ich kann nichts tun, ohne deine Unterstützung."

„Aus meiner Gefangenschaft?", fragte Blondine verwundert: „Aber weißt du denn nichts von all der Güte, die mir Bonne-Biche und Beau-Minon erwiesen haben, von den Anstrengungen, die sie für meine Bildung auf sich genommen haben, von all ihrer Zärtlichkeit und Geduld. Sie werden entzückt sein, mich gemeinsam mit dir zu meinem Vater zurückbringen zu können. Komm mit mir, wunderschöner Papagei. Gleich werde ich dich Bonne-Biche vorstellen!"

„Oh weh! Dummes Kind", antwortete der Papagei mit schneidender Stimme: „Du bist es, die nichts von Bonne-Biche und Beau-Minon weiß. Beide hassen sie mich, da ich schon so manches Mal einen ihrer Gefangenen erfolgreich befreien konnte. Wenn du nicht selbst den Zauber brichst, der dich hier gefangen hält, wirst du niemals mehr deinen Vater wiedersehen."

„Was für einen Zauber?", fragte Blondine ein wenig verunsichert: „Ich weiß von keinem Zauber. Außerdem, was für ein Interesse sollten Bonne-Biche und Beau-Minon denn haben, mich hier als ihre Gefangene festzuhalten?"

„Liegt es denn nicht in Bonne-Biches und Beau-Minons Interesse, ihre Einöde mit dir zu beleben, meine kleine Blondine? Doch zum Glück gibt es ganz in der Nähe einen Talisman, der deine Befreiung herbeiführen kann. Es handelt sich um eine einfache Rose, die du nur zu pflücken brauchst. Und augenblicks wird sie dich aus deinem Gefängnis befreien und in die Arme deines liebevollen Vaters führen."

„Aber hier im Garten gibt es keine Rosen. Wie soll ich dann eine Rose pflücken?"

„Diese Dinge werde ich dir an einem anderen Tag erklären, Blondine. Im Augenblick kann ich nichts weiter dazu sagen, da ich Bonne-Biche bereits kommen höre. Doch gebe ich dir noch einen Tipp, um dich von den außergewöhnlichen Kräften der Rose zu überzeugen: Bitte Bonne-Biche, dir eine Rose zu schenken und höre, was sie dir antworten wird. Dann bis Morgen, Blondine!"

Der Papagei flog davon – zufrieden, in Blondines unschuldigem Herzen die ersten Samen der Unzufriedenheit, der Undankbarkeit und des Zweifels gesät zu haben. Der

Papagei war gerade verschwunden, als Bonne-Biche ins Zimmer trat. Sie schien außerordentlich beunruhigt und schaute argwöhnisch zum geöffneten Fenster:

„Mit wem hast du gerade gesprochen, Blondine?"

„Mit niemandem, Bonne-Biche", antwortete die Prinzessin.

„Aber ich bin mir ganz sicher, Stimmen im Gespräch gehört zu haben."

„Da muss ich wohl in Gedanken mit mir selbst gesprochen haben."

Bonne-Biche antwortete nicht. Augenblicks schien sie sehr traurig und dicke Tränen kullerten aus ihren sanften braunen Augen. Blondine jedoch war mit ihren unseligen Gedanken beschäftigt und bemerkte ihre Trauer nicht. Die hinterlistigen Worte des Papageien hatten für sie die Liebenswürdigkeit Bonne-Biches und Beau-Minons in ein völlig neues Licht gerückt. Anstatt sich zu sagen, dass eine Hirschkuh, die die Kraft zu sprechen besitzt, die ein Kind für sieben Jahre in tiefen Schlaf zu setzen vermag, die sieben Jahre ihres Lebens der Erziehung eines unwissenden kleinen Mädchens gewidmet hat, und die in einem Schloss wie eine Königin lebt, unmöglich verbrecherisch handeln könnte. Anstatt ein unerschütterliches Gefühls der Dankbarkeit zu empfinden, für all das was Bonne-Biche für sie getan hatte, glaubte Blondine blind dem hinterlistigen Papageien, einem völlig unbekannten Vogel, für dessen Aufrichtigkeit sie nicht den geringsten Anhaltspunkt hatte. Auch bedachte Blondine nicht, dass der Papagei ja keinerlei Grund besaß, sein Leben für sie zu riskieren. Blondine glaubte ihm bedingungslos, allein aufgrund seiner listigen Schmeicheleien, mit denen er sie tagtäglich überschüttete. Ja, sie vergaß sogar das angenehme und glückliche Leben, das Bonne-Biche und Beau-Minon ihr tagtäglich ermöglichten. So beschloss sie, ohne nachzudenken, den falschen Ratschlägen des Papageien zu folgen und fragte Bonne-Biche:

„Warum nur, Madame, fehlt unter all ihren schönen Blumen die wunderbarste und bezauberndste von allen, die duftende Rose?“

Wie ein Blitz aus heiterem Himmel traf Bonne-Biche diese Frage und mit zitternder Stimme antwortete sie:

„Blondine! Liebe Blondine! Frag mich nicht nach dieser Heimtückischsten aller Blumen, die jeden sticht, der sie berührt! Bitte, sprich mir niemals mehr von der Rose. Ach, armes Kind! Du kannst nicht wissen, welch verhängnisvolles Schicksal diese Blume für dich bereithält!“

Der Gesichtsausdruck Bonne-Biches war dermaßen ernst und streng, dass Blondine sich nicht weiter zu fragen getraute. Und so ging der Tag für Bonne-Biche, für Beau-Minon und auch für Blondine sehr traurig zu Ende.

Doch am nächsten Tag hatte Blondine Bonne-Biches traurige Erregung schon wieder vergessen und lief wie jeden Morgen voller Sehnsucht ans Fenster. Der Papagei trat in dem Moment ein, als sie es öffnete:

„Gut gemacht, kleine Blondine! Hast du Bonne-Biches Erregung bemerkt, als du die sie nach der Rose fragtest? Nun werde ich dir verraten, wie du eine dieser bezaubernden Blumen bekommen kannst. Höre auf meinen guten Rat: Du wirst den Park verlassen und in den Wald gehen. Ich werde dich dabei begleiten und schnurstracks zu dem Garten führen, wo die allerschönste Rose der Welt bereist auf dich wartet!“

„Aber wie soll ich denn den Park verlassen, wo mich doch Beau-Minon jederzeit bei meinen Spaziergängen begleitet?“

„Versuche die dämliche Miezekatze irgendwie loszuwerden“, antwortete der Papagei hasserfüllt: „Und wenn dir dies nicht gelingen sollte, verlasse ungeachtet ihrer Anwesenheit dennoch den Park.“

„Und wo befindet sich die Rose? Wenn sie nicht allzu weit entfernt ist, wird man meine Abwesenheit ja vielleicht nicht einmal bemerken?“

„Bis zur Rose ist es eine Stunde Weg. Bonne-Biche hat sorgfältig darauf geachtet, dich soweit wie möglich von der Rose fernzuhalten, damit du nicht das Mittel in die Hände bekommst, deinem Gefängnis zu entfliehen.“

„Aber warum hält mich Bonne-Biche denn gefangen? Sie ist so mächtig und könnte gewiss angenehmere Vergnügungen finden, als ein unwissendes Kind zu unterrichten.“

„All diese Dinge wirst du in der Zukunft erfahren, Blondine, wenn du erst wieder in den Armen deines Vaters liegst. Bis dahin sei hart und stark! Nach dem Frühstück schüttle auf irgendeine Weise Beau-Minon von dir ab und gehe in den Wald. Ich werde dort auf dich warten.“

Blondine versprach, alles so zu tun und schloss eilig das Fenster, damit Bonne-Biche sie nicht überraschen könne. Nach dem Frühstück ging sie wie gewohnt im Park spazieren. Beau-Minon folgte ihr treu ergeben, ungeachtet einiger rauer Abweisungen Blondines, die er mit einem traurigen Miauen quittierte. Als sie den Weg erreichten, der aus dem Park herausführte, beschloss Blondine Beau-Minon endgültig loszuwerden.

„Ich wünsche allein zu sein, Miezekatze“ sagte sie ernst: „Fort mit dir, lästiger Beau-Minon!“

Beau-Minon war erschrocken und tat so, als verstehe er nicht, was sie wolle. Da wurde Blondine ungeduldig und wütend. Sie vergaß sich sogar soweit, ihren treuen Beau-Minon mit ihrem Fuß zu treten. Als der arme Kerl diesen beschämenden Stoß empfing, stieß er einen lauten Angstschrei aus und floh in Richtung des Palastes. Blondine zitterte vor innerem Mitleid und war schon nahe daran, ihn zurückzurufen. Doch ein falsches Schamgefühl hielt sie im letzten Moment davon ab. So lief sie stattdessen schnurstracks weiter zu dem Tor, öffnete es nicht ohne Zittern und betrat den geheimnisvollen Fliederwald. Der Papagei wartete bereits auf sie:

„Nur Mut, Blondine! In nur einer Stunde wirst du die Rose in deinen Händen halten und endlich deinen Vater wiedersehen, der täglich um dich weint.“

Bei diesen tröstlichen Worten gewann Blondine augenblicks ihre Entschlossenheit zurück, die bereits mächtig ins Schwanken geraten war. Tapfer schritt sie den Pfad entlang, den der Papagei ihr zeigte. Und der listige Vogel flatterte vor ihr von Ast zu Ast.

Der Wald, der ihr in der Nähe des Schlosses noch so schön und anziehend erschienen war, wurde allmählicher immer wilder und verwirrender. Dornensträucher und Steine verdeckten nunmehr fast vollständig den Pfad, die süßen Lieder der Vögel waren schon längst verstummt und auch die köstlichen Blumen verschwunden. Blondine fühlte sich mehr und mehr von einer unerklärlichen Rastlosigkeit getrieben. Und der Papagei drängte sie eifrig weiter voranzuschreiten:

„Schnell, schnell, Blondine! Die Zeit wird knapp! Wenn Bonne-Biche deine Abwesenheit bemerkt, wirst du deinen Vater nie mehr wiedersehen!"

Doch Blondine ermüdete zusehends. Sie war völlig außer Atem, ihre zarten Arme von den Dornensträuchern aufgerissen und ihren Schuhe hingen in Fetzen, als sie endlich erklärte, nicht mehr weiterzugehen. Doch da rief der Papagei bereits:

„Hurra! Wir sind angekommen, Blondine. Schau nur! Da ist die Umzäunung, die allein dich noch von der Rose trennt."

In einer Wegbiegung erblickte Blondine einen kleinen Zaun mit einer Tür, die flink von dem Papageien geöffnet wurde. Der Erdboden war trocken und steinig. Nur ein prächtiger, majestätischer Rosenbusch, geschmückt mit einer einzigen Rose, schöner als alle Rosen der Welt, wuchs inmitten dieses unfruchtbaren Fleckens.

„Pflücke sie, Blondine! Schnell!", sagte der Papagei. „Nur du bist ihrer würdig! Beim Teufel, du hast sie wahrlich verdient!"

Voller Vorfreude ergriff Blondine den Zweig, zog ihn ungeachtet der spitzen Dornen, die grausam in ihre Finger stachen, an sich und riss die Rose von dem Busch. Doch kaum hielt sie diese in der Hand, als sie über sich voller Grauen ein markerschütterndes spöttisches Gelächter vernahm. Schreiend ließ sie die Blüte fallen.

„Danke, Blondine, für die Befreiung aus dem grässlichen Kerker, in dem Bonne-Biche mich gefangen hielt. Ich bin dein teuflischer Genius! Nun endlich gehörst du mir!"

„Ha! ha! ha!", schrie nun auch der Papagei. „Ebenso von mir einen großen Dank, Blondine, mein kleines Dummerchen! Endlich kann ich meine Zauberer-Gestalt wieder annehmen. Durch deine Tat hast du deine Freunde vernichtet! Denn ich war und bin ihr Todfeind!"

Kaum hatte der Papagei diese grausamen Worte gesprochen, verschwanden er und die Rose im reinen Nichts. Und Blondine blieb allein im Wald zurück.

Tiefe Reue

Blondine fühlte sich wie betäubt! Als hätte das grausame Schicksal den dunklen Schleier vor ihren Augen weggerissen, erkannte sie urplötzlich ihr treuloses Verhalten in all seinen Schrecken. Eine ungeheuerliche Undankbarkeit hatte sie ihren Freunden gegenüber gezeigt, die sieben Jahre lang so aufopferungsvoll für sie gesorgt und sich ihrer Erziehung gewidmet hatten. Würden diese gütigen Freunde ihr je verzeihen können? Was würde mit ihr geschehen, wenn Bonne-Biche und Beau-Minon die Tür vor ihr verschließen sollten? Und was bedeuteten jene schrecklichen Worte des bösen Papageien: „Durch deine Tat hast du deine Freunde vernichtet ...“?

Wie im Trance drehte Blondine sich um und beschloss denselben Weg zum Schloss zurückzugehen, den sie gekommen war. Die Dornensträucher zerrissen ihre Arme und ihr Gesicht auf gar schreckliche Weise. Dennoch zwang sie sich, den Weg durch das Dickicht tapfer weiterzugehen. Und nach drei Stunden erblickte sie endlich das Schloss von Bonne-Biche und Beau-Minon. Doch wie groß war ihr Entsetzen, als sie statt der prächtigen Gebäude nur mehr eine schaurige Ruine vor sich sah, statt der schönen Blumen im Park raue Dornensträucher, Brennnesseln und Disteln. Halb wahnsinnig vor Angst und in tiefer Trostlosigkeit gefangen, begann sie sich einen Weg durch die Ruinen zu bahnen, um nach ihren guten Freunden zu suchen. Doch nur eine riesige Kröte sprang aus dem Steinhaufen hervor:

„Was suchst du hier? Weißt du denn nicht, dass du durch deine abscheuliche Undankbarkeit den Tod deiner Freunde verursacht hast? Drum husch, fort mit dir! Beleidige nicht ihr Andenken durch deine freche Anwesenheit!“

„Oje! Oje!“, schluchzte Blondine herzzerreißend: „Meine armen Freunde Bonne-Biche und Beau-Minon. Kann ich nicht mit meinem Tod für die Leiden büßen, die ich ihnen zugefügt habe?“

Die Kröte schwieg und verschwand so wie sie gekommen war. Halb ohnmächtig vor Kummer und bitterlich weinend fiel Blondine auf die Steine und Dornen. Ihre Reue und ihr Kummer waren so groß, dass sie nicht einmal mehr die scharfen Kanten und Dornen an ihrem zarten Körper spürte. So weinte sie eine lange, lange Zeit. Doch ihre Tränen brachten keinerlei Erleichterung. Und als diese versiegten, erhob sie sich endlich, schaute sich um, in der Hoffnung irgendeine Zuflucht zu finden. Doch vergeblich, nur Ruinen zeigten sich aller Orten!

„Gut! Dann sollen die wilden Tiere mich in Stücke reißen. Und tun sie das nicht, werde ich eben vor Durst und Hunger sterben. So kann ich wenigstens auf dem Grab von Bonne-Biche und Beau-Minon meine Sünden büßen!“

Blondine erblickt das Schloss von Bonne-Biche und Beau-Minon in Trümmern.

Kaum hatte Blondine dieses trostlosen Worte ausgesprochen, ertönte eine sanfte Stimme:

„Aufrichtige Reue kann das schlimmste Verbrechen sühnen."

Eilends hob sie ihren Kopf und sah eine schwarze Krähe von dannen fliegen.

„Ach! Oje! Wie aufrichtig und wie bitter auch immer meine Reue ist, niemals kann sie das Leben meiner lieben Bonne-Biche und meines lieben Beau-Minon zurückgeben!"

„Nur Mut, Blondine!", antwortete eine zweite Stimme tröstend: „Mut und Hoffnung seien deine Begleiter!"

Da erblickte sie vor sich einen Frosch, der sie mitleidig anschaute.

„Oh, Frosch. Du scheinst tatsächlich Mitleid mit mir zu haben! Was wird nur aus mir werden, nun da ich einsam und verlassen in der Welt bin?“

„Mut und Hoffnung“, war erneut die Antwort. Blondine seufzte schwer, schaute in jede Richtung, ob sie nicht irgendein Kraut oder eine Frucht gegen ihren Durst und Hunger entdecken könne. Doch sie fand nichts und ihre Tränen flossen reichlich. Erst der muntere Klang einer Glocke zerstreute ein wenig ihre trostlosen Gedanken. Voller Erstaunen erblickte sie eine wunderschöne Kuh, die gemächlich ihr entgegen trabte. Genau vor ihr hielt sie inne, bückte sich und Blondine erkannte einen Silbernapf, der mit einer Goldkette an ihrem breiten Nacken befestigt war.

Blondine war sehr dankbar für diese unerwartete Hilfe. Augenblicks löste sie den Napf, molk die Kuh und trank vergnügt die süße Milch. Nur mit einem Kopfnicken bedeutete ihr die sanfte Kuh, den Napf wieder an ihrem Nacken festzubinden. Blondine gehorchte, küsste Blanchette auf die Stirn und sagte traurig:

„Danke, schöne Kuh! Ich bin mir fast sicher, dass ich diese süße Wohltat meinen armen Freunden verdanke. Vielleicht können sie aus einer anderen, besseren Welt die Reue ihrer armen Blondine sehen und helfen mir deshalb in meiner furchtbaren Situation?“

„Aufrichtige Reue erreicht Vergebung für alle Sünden“, ertönte wieder eine sanfte Stimme.

„Ach“, rief Blondine aus: „Selbst hundert Jahre Trauer und Tränen würden nicht ausreichen, um mein schändliches Verbrechen zu sühnen! Ich kann mir niemals vergeben!“

Allmählich ging die Sonne unter. Und Blondine begann ungeachtet ihres großen Kummers darüber nachzusinnen, wie sie sich vor den wilden Tieren schützen könne, deren schreckliches Brüllen sie schon in der Ferne zu hören glaubte. Da entdeckte sie nur wenige Schritte vor sich eine Art Hütte, die auf natürliche Weise durch die ineinander verschlungenen Zweige nahestehender Bäume entstanden war. Neugierig trat sie ein und bemerkte, dass sie nur durch wenige Handgriffe bereits eine sichere Zuflucht aus ihnen gestalten konnte. So verbrachte sie den Rest des Tages mit der Einrichtung des kleinen Raumes und sammelte eine Menge Moos, aus dem sie sich ein Bett und ein Kissen baute. Den Eingang zu dieser kleinen Zuflucht verbarg sie hinter ein paar abgebrochenen Zweigen und begab sich, völlig erschöpft von der schweren Arbeit, endlich zur Ruhe.

Als Blondine am nächsten Morgen erwachte, war es schon heller Tag. Anfangs vermochte sie kaum ihre wirren Gedanken zu ordnen, und schon gar nicht ihre Lage zu begreifen. Doch dann brachen die traurigen Umstände ihres Schicksals wie ein Sommergewitter über sie herein und sie begann erneut zu weinen. Überdies war sie sehr hungrig, konnte sich aber beim besten Willen nicht mehr erinnern, wie sie am Vortag zu Nahrung gekommen war. Doch schon bald vernahm sie wieder den munteren Klang der Kuhglocke und wenig später stand Blanchette neben ihr. Blondine löste erneut den Napf, molk die Kuh und trank so lange, bis ihr Hunger gestillt war. Dann gab sie den Napf zurück, küsste Blanchette wie am Vortag und hoffte, sie im Laufe des Tages noch öfters zu sehen. Und tatsächlich, jeden Tag, am Morgen, am Mittag und am Abend, kam die treue Blanchette zu Blondine und bot ihr die bescheidene Mahlzeit an. Viele Stunden am Tag verbrachte Blondine in Tränen um ihre armen Freunde und quälte sich immer aufs Neue mit bittersten Selbstvorwürfen:

„Durch meinen unverzeihlichen Ungehorsam ist das schreckliste Unglück über meine Freunde hereingebrochen. Und es steht nicht in meiner Macht, es wieder gutzumachen. Nun bin ich völlig allein in dem verwunschenen Wald. Und überdies habe ich mich auch noch des einzigen Mittels beraubt, meinen armen Vater wiederzufinden. Vielleicht wartet er noch immer auf seine unglückliche Blondine, die für immer und ewig verdammt ist, allein zu leben und einsam und von aller Welt vergessen in diesem fürchterlichen Wald zu sterben, den ein böser Genius regiert."

Um nicht von dieser Flut trüber Gedanken erdrückt zu werden, versuchte Blondine sich auf jede nur erdenkliche Weise abzulenken. Ihr kleines Zuhause war ordentlich eingerichtet und frisches Moos und Blätter bildeten ihr einfaches Bett. Sie hatte ein paar Zweige zusammengebunden und einen schönen Stuhl geformt. Aus den Dornen fertigte sie sich Nähnadeln und aus dem Hanf, der nahe ihrer kleinen Hütte wuchs, einige Nähfäden. Ausgerüstet mit diesen Utensilien konnte sie endlich die Risse in ihren Schuhen reparieren. So lebte Blondine ganze sechs Monate auf diese einfache Weise mutterseelenallein im Wald. Doch die Trauer um ihre Freunde blieb und sie fühlte aufrichtige Reue für ihre Tat.

Die Schildkröte

Als Blondine wieder einmal traurig vor sich hin grübelnd vor dem Eingang ihrer Hütte saß und wie jeden Tag an ihre verlorenen Freunde und ihren Vater dachte, tauchte eine riesige Schildkröte vor ihr auf.

„Blondine“, sagte die Schildkröte: „Wenn du bereit bist, dich in meinen Schutz zu begeben, werde ich dich aus diesem Wald herausführen.“

„Und warum, Frau Schildkröte, sollte ich diesen Wald verlassen? Hier habe ich den Tod meiner Freunde herbeigeführt und hier möchte ich deshalb auch sterben.“

„Bist du denn so sicher, dass deine Freunde wirklich tot sind, Blondine?“

„Was willst du damit sagen? Sollte ich mich etwa in ihrem Tod getäuscht haben? Aber nein. Ich sah ja die Ruinen ihres Schlosses. Und der Papagei und die Kröte versicherten mich ihres Todes. Da du ein gutes Herz hast, Frau Schildkröte, willst du mich bestimmt mit diesem Zweifel trösten.

Doch leider kann ich nicht hoffen, sie jemals wiederzusehen. Denn würden sie noch leben, hätten sie mich niemals mit der fürchterlichen Schuld, ihren Tod verursacht zu haben, allein gelassen!"

„Aber könnte es nicht sein, dass deine Freunde dich gar nicht allein lassen wollten. Wäre es nicht denkbar, dass eine böse Macht, stärker als die ihre, deine Freunde von dir fernhält? Doch wie du weißt, Blondine, kann aufrichtige Reue Vergebung für jedes Verbrechen erreichen."

„Ach! Frau Schildkröte. Wenn sie doch nur noch leben würden und du mir Neuigkeiten von meinen Freunden bringen könntest! Dann müsste ich mir nicht länger mehr ihren Tod vorwerfen. Bitte, Frau Schildkröte, versprich mir, dass ich sie eines Tages wiedersehen werde! Kein Preis ist mir dafür zu hoch."

„Arme Blondine, leider ist es mir nicht erlaubt, dir das Schicksal deiner Freunde zu enthüllen. Doch wenn du den Mut aufbringst, auf meinen Rücken zu steigen, dort sechs Monate zu verweilen und auch nicht ein einziges Wort während unserer gemeinsamen Reise zu sprechen, bringe ich dich an einen Ort, wo dir ganz sicher das Schicksal deiner Freunde offenbart werden wird."

„Ach, Frau Schildkröte. Alles werde ich tun, um zu erfahren, was mit meinen Freunden geschehen ist."

„Sei nicht voreilig, Blondine und überlege gut! Sechs Monate auf meinem Rücken ohne ein Wort zu sprechen sind eine langwierige und äußerst schwierige Prüfung! Hast du erst einmal meine Bedingungen akzeptiert und verlierst dann plötzlich auf unserer Reise den Mut, die Prüfung bis zum Ende durchzuhalten, musst du für alle Ewigkeit in der Gewalt des bösen Zauberers Perroquet und seiner nicht minder bösen Schwester Rose bleiben. In diesem Falle könnte ich dir nicht einmal mehr den kleinen Dienst erweisen, dem du die letzten sechs Monate dein Leben verdankst."

„Ist schon gut, Frau Schildkröte. Lass uns sofort aufbrechen. Eher möchte ich vor Hunger und Erschöpfung sterben, als weiter diese Ungewissheit erleiden. Deine Wort haben Hoffnung in mein armes Herz gepflanzt. Und ich habe den Mut, noch viel schwierigere Prüfung auf mich zu nehmen als jene, die du mir gerade beschrieben hast."

„Wie du es wünschst, so geschehe es. Steig also auf meinen Rücken, Blondine. Fürchte weder Hunger und Durst, noch Kälte und Sonnenschein und auch kein Unglück während unserer langen Reise. Solange du auf meinem Rücken bleibst, wird es dir an nichts ermangeln. Nur, bitte sei still und sprich kein Wort, bis wir angekommen sind. Ich werde als erste wieder zu dir sprechen."

So stieg Blondine also auf den Rücken der Schildkröte und die seltsame Reise begann.

Reise und Ankunft

Sechs Monate war Blondine mit der geheimnisvollen Schildkröte unterwegs. Drei Monate durchquerten sie den dichten Fliederwald, um schließlich auf eine weite dürre Ebene zu gelangen, für die sie weitere sechs Wochen benötigten. Am Ende erblickte Blondine in der Ferne ein gewaltiges Bauwerk, das sie seltsam an Bonne-Biches und Beau-Minons Schloss erinnerte. Einen ganzen Monat brauchten sie nur mehr für die Schlossallee und Blondine brannte geradezu vor Ungeduld! Würde sich ihr in dem Palast vielleicht das Schicksal ihrer lieben Freunde offenbaren? Doch ungeachtet dieses großen Gedankens sprach Blondine kein Wort. Wäre sie zu diesem Zeitpunkt vom Rücken der Schildkröte gestiegen, hätte sie zu Fuß in gerade einmal zehn Minuten das Schloss erreichen können. Doch leider kroch die Schildkröte dermaßen langsam, dass sie noch immer viele Wochen unterwegs blieben. So zügelte Blondine tapfer ihre Ungeduld. Doch es war zum verrückt werden, denn die

Schildkröte schien ihre Geschwindigkeit mit jedem Meter eher noch zu verringern. Und als das Ende der Allee bereits zum Greifen nahe war, benötigten sie ganze zwei Wochen bis dorthin. Blondine erschienen diese vierzehn Tage wie vierzehn Jahrhunderte. Doch, wie auch immer, den ganzen Weg über verlor sie nie das Schloss aus den Augen. Der Ort schien verlassen, sie hörte kein Geräusch und sah kein Lebenszeichen. Als sie nur mehr einen Steinwurf vom Schloss entfernt waren, blieb die Schildkröte nach vierundzwanzig weiteren Tagen endlich stehen und sprach wie angekündigt als Erste:

„Nun steig ab, Prinzessin. Durch deinen Mut und deine Selbstbeherrschung hast du die Belohnung verdient, die ich dir einst versprach. Öffne die kleine Tür. Im Schloss wartet die Fee Bienveilannte auf dich. Sie wird dir das Schicksal deiner Freunde enthüllen."

Blondine hatte so lange auf dem Schildkrötenrücken in Reglosigkeit verbracht, dass sie fürchtete, beim Herabsteigen ihre Glieder nicht bewegen zu können. Doch im Gegenteil war sie so leichtfüßig und lebendig wie zu der Zeit, als sie noch so glücklich mit Bonne-Biche und Beau-Minon zusammenlebte. Nachdem sie sich herzlich bei der Schildkröte bedankt hatte, öffnete sie neugierig die kleine Tür. Vor ihr stand ein ganz in weiß gekleidetes junges Mädchen und fragte mit süßer Stimme, wenn sie denn zu sehen wünsche?

„Ich möchte zur Fee Bienveillante. Sage ihr, die Prinzessin Blondine lässt fragen, ob sie die Fee unverzüglich sehen dürfe."

„Dann folge mir, Prinzessin", antwortete das Mädchen.

Sie waren drei Tage unterwegs durch den Wald.

Sie durchschritten mehrere wunderschöne Räume und trafen viele weitere junge Mädchen, alle wie ihre Begleiterin ganz in weiß gekleidet. Und alle schauten auf Blondine, als würden sie die Prinzessin kennen und lächelten anmutig. Schließlich kamen sie in einen Raum, der in jeder Hinsicht dem Bonne-Biches im Fliederwald-Schloss glich. Die dadurch hervorgerufenen Erinnerungen waren so schmerzlich, dass Blondine das Verschwinden ihrer schönen jungen Führerin überhaupt nicht bemerkte.

Traurig blickte sie auf die so vertraute Einrichtung und entdeckte verwundert einen kunstvoll verzierten Kleiderschrank, der damals noch nicht vorhanden gewesen war. Auf eine völlig unerklärliche Weise fühlte Blondine sich zu ihm hingezogen. Sie starrte ihn an und hatte nicht die Kraft, ihre Augen von ihm abzuwenden. Da öffnete sich eine Zimmertür. Eine wunderschöne junge Frau trat ein, näherte sich Blondine und sagte mit liebevoller Stimme:

„Was wünscht du, mein Kind?"

„Oh, Madame! Man hat mir versichert, dass ich hier im Schloss Neuigkeiten von meinen lieben, guten Freunden Bonne-Biche und Beau-Minon erfahren könnte. Zweifellos wissen sie, auf welch verachtenswerte Weise ich diese der Vernichtung preisgegeben habe und auch wie lange ich um sie weinte, in der Annahme, meine Freunde seien tot. Nun aber gab mir die Schildkröte, die mich hierher brachte, Anlass zur Hoffnung, sie einst wiederzusehen zu dürfen. Bitte, Madame, sagen sie mir, ob ich tatsächlich auf dieses große Glück hoffen darf?"

„Blondine", antwortete die Fee Bienveillante traurig: „In der Tat bist du nun soweit, das Schicksal deiner armen

Freunde erfahren zu dürfen. Aber egal, was du nun auch immer Schlimmes sehen oder hören wirst, verliere nie den Mut und die Hoffnung."

Mit diesen Worten fasste sie die zitternde Blondine und führte sie sanft vor den Kleiderschank, der bereits so unabdingbar ihre Aufmerksamkeit auf sich gezogen hatte.

„Blondine, hier ist der Schlüssel zu diesem Schrank. Öffne ihn und sei tapfer!"

Mit zitternder Hand ergriff die Prinzessin den goldenen Schlüssel und öffnete den Kleiderschrank. Doch oje, wie riesengroß war ihr Entsetzen, als sie die Häute von Bonne-Biche und Beau-Minon mit Diamantnägeln im Inneren des Kleiderschranks aufgespannt sah! Auf diesen schrecklichen Anblick stieß die unglückliche Prinzessin nur einen herzzerreißenden Schrei aus und stürzte bewusstlos zu Boden. Im selben Moment öffnete sich eine weitere Tür und ein wunderschöner Prinz, strahlend wie der helle Morgen, sprang besorgt auf Blondine zu:

„Oh weh, meine Mutter! Dies war eine allzu harte Prüfung für meine arme Blondine!"

„Ach, mein Sohn, auch mein Herz blutet bei diesem Anblick. Doch du weißt genau, dass diese letzte Bestrafung notwendig war, um Blondine für immer vom Joch des grausamen Genius des Fliederwaldes zu befreien."

Mit diesen Worten berührte die Fee Bienveilannte die Prinzessin mit ihrem Zauberstab, wodurch sie augenblicks wieder zu Bewusstsein kam und krampfhaft zu schluchzen begann:

„Ach, lass mich sterben, sofort! Mein Leben ist mir verhasst! Ohne Hoffnung, ohne meine lieben Freunde kann ich nicht länger leben! Schon bald werde ich ihnen ins Schattenreich folgen!"

„Blondine! Meine geliebte Blondine!", sprach tiefgerührt die Fee und schloss die Prinzessin fest in ihre Arme: „Deine Freunde leben und lieben dich von ganzem Herzen. Ich bin Bonne-Biche und dies ist mein lieber Sohn Beau-Minon. Dem bösen Genius des Fliederwaldes war es dereinst durch eine Unachtsamkeit meines Sohnes gelungen, die Herrschaft über uns zu erlangen. Er zwang uns beide in die Tiergestalt, in der du uns kennenlerntest. Wir konnten unsere natürliche Form erst in dem Moment wiedererlangen, da du die Rose pflücktest, welche die böse Schwester des Genius des Fliederwaldes gefangen hielt. Da ich aber wusste, dass sie dein böser Genius ist, der dir nach seiner Befreiung aus der Gefangenschaft großes Leid zufügen würde, versetzte ich die Rose durch Zauberkraft an einen weit entfernten Ort. Auf diese Weise hofften wir, sie für alle Zeit deinen Blicken entzogen zu haben, und waren zu deinem Glücke fest entschlossen, für immer und ewig in der Gestalt einer Hirschkuh und einer Katze zu verbleiben. Doch leider gelang es dem hinterlistigen Papageien, dich ungeachtet all unserer Vorkehrungen zu verführen. Denn Rest kennst du, mein liebes Kind. Jedoch weißt du nicht, wie sehr wir mit deinem Leiden und deiner Trostlosigkeit mitgelitten haben."

Blondine umarmte Bonne-Biche, alias die Fee Bienveillante, voller Leidenschaft und überschüttete sie augenblicks mit Fragen:

„Was ist mit den süßen Gazellen geschehen, die uns so anmutig bedienten?"

„Du hast sie bereits gesehen, liebe Blondine. Es sind die jungen Mädchen, von denen die eine dich zu mir führte. Als der böse Genius Macht über uns gewann, wurden auch sie verzaubert."

„Und die gute weiße Kuh, die mir jeden Tag die Milch brachte?"

„Die Feenkönigin erteilte uns die Erlaubnis, dich jeden Tag mit dieser einfachen Mahlzeit zu erfreuen. Die aufmunternden Worte der Krähe und des Frosches kamen auch von uns."

„Dann, Bonne-Biche, hast du mir also auch die Schildkröte geschickt?"

„Ja, Blondine. Die Feenkönigin war dermaßen gerührt von deiner aufrichtigen Reue und Trauer, dass sie den bösen Genius des Fliederwaldes all seiner Macht beraubte. Deine vollständige Erlösung hatte sie jedoch von zwei äußerst schweren Prüfungen abhängig gemacht, durch deren Meisterung sie einen letzten Beweis deiner Ergebenheit erhalten wollte: Sie machte dich glauben, dass mein Sohn, der Prinz Parfait, und ich durch deine Unbesonnenheit gestorben seien. Darüber hinaus erlegte sie dir die lange und ermüdende Reise auf dem Rücken der Schildkröte als Prüfung auf. Ich bat die Feenkönigin inständig, dir diese Qualen zu ersparen. Doch sie war unbeugsam."

Voller Staunen blickte Blondine auf ihre tot geglaubten und nun so unerwartet wiedergewonnenen Freunde, lauschte eifrig jedem Wort und hörte nicht auf, sie immer aufs Neue zu umarmen. Doch dann tauchte plötzlich die Erinnerung an ihren lieben Vater in ihr auf. Der Prinz Parfait und die Fee Bienveillante lasen wie in einem Buch ihre Gedanken:

„Prinzessin Blondine, bereite dich darauf vor, den König Bénin, deinen lieben Vater wiederzusehen. Er wartet bereits auf dich.“

Kaum gesagt, fand sich Blondine wie durch Zauberei hoch oben in den Lüften wieder. Sie, die Fee Bienveillante und der Prinz Parfait saßen in einer kostbaren fliegenden Kutsche aus Gold und Edelsteinen, die von vier strahlend weißen Schwänen gezogen wurde. Diese flogen mit solcher Geschwindigkeit, dass Blondine nach nur fünf Minuten bereits den Palast ihres Vaters unter sich erblickte. Der gesamte Hofstaat war um den König Bénin versammelt. Und alle warteten sie auf die Prinzessin Blondine.

Als die fliegende Kutsche am Himmel erschien, waren die Freudenrufe und Willkommensgrüße des Hofstaats derart ungestüm, dass die Schwäne vor lauter Aufregung fast vom Wege abgekommen wären. Allein der Geistesgegenwart Prinz Parfaits war es zu verdanken, dass der Wagen doch noch direkt am Fuße der großen Eingangstreppe zum Stehen kam.

Mit Tränen der Freude in den Augen eilte der König Bénin seiner für immer verloren geglaubten Blondine entgegen, die leichtfüßig wie ein Reh aus dem Wagen sprang, und sich ihm augenblicks in die Arme warf. Lange Zeit blieben sie so in dieser Haltung stehen und der ganze Hofstaat weinte endlose Tränen der Rührung. Als König Bénin sich endlich ein wenig beruhigt hatte, küsste er respektvoll die Hand der guten Fee und umarmte dankbar den Prinzen Parfait, den er sofort äußerst bezaubernd fand.

Acht Tage dauerte das prächtige Fest, das darauf zu Ehren der Rückkehr der Prinzessin Blondine gegeben wurde. Am

Ende dieser fröhlichen Feier, verkündete die Fee Bienveillante traurig, dass sie nun leider nach Hause zurückzukehren müsse. Der Prinz Parfait und Prinzessin Blondine waren noch viel trauriger über die bevorstehende Trennung, so dass König Bénin, einer spontanen Eingebung folgend, augenblicks beschloss, sie niemals mehr fortzulassen. Und er wusste auch schon wie. Der König heiratete nämlich die gute Fee Bienveillante und Blondine wurde die glückliche Frau des Prinzen Parfait, der für sie dennoch allezeit der kleine Beau-Minon aus dem Fliederwald blieb.

Der kleine Henri und die Pflanze des Lebens

Die kranke Mutter

Es war einmal eine arme Frau, die lebte seit dem Tode ihres Mannes ganz allein nur mit ihrem kleinen Sohn Henri zusammen. Sie liebte ihn zärtlich und hatte auch gute Gründe dafür. Denn Henri war ein wahrhaft außergewöhnliches Kind, wie man es nur schwerlich ein zweites Mal finden kann. Obwohl gerade einmal sieben Jahre, hütete er das Haus, kehrte die Zimmer, wischte den Flur, kochte das Essen, grub den Garten um, kümmerte sich um die Pflanzen. Und wenn all diese Arbeiten getan waren, setzte er sich hin, um seine Sachen oder die Schuhe seiner Mutter zu flicken. Oder aber er baute gar die wunderbarsten Tische, Stühle und ähnlich schwierige Dinge in allerkürzester Zeit.

Henri tat wirklich alles, was in seinen Kräfte lag.

Zur selben Zeit arbeitete seine gute Mutter fleißig am Webstuhl und verließ nur ab und an das Haus, um ihre Stoffe zu verkaufen. Dies war für sie die einzige Möglichkeit, um ein wenig Geld für das Essen ihres kleinen Henri zu verdienen. Das kleine Häuschen, in dem die beiden wohnten, gehörte ihnen. Aber es stand sehr einsam, weit außerhalb des Dorfes. Nicht weit vor dem Haus befand sich ein hoch aufragender Berg, so unglaublich hoch, dass er bis in die Wolken ragte und niemand je seinen Gipfel bestiegen hatte. Auch war der Berg umgeben von einem reißenden Strom, von hohen, steilen Felswänden und unüberwindlichen Abgründen.

Die Mutter und ihr kleiner Junge lebten viele Jahre glücklich und zufrieden. Doch eines Tages wurde die arme Mutter krank. Sie und ihr kleiner Sohn kannten keinen Arzt. Und selbst wenn, hätten sie doch kein Geld gehabt, um ihn zu bezahlen. Der arme Henri wusste nicht, wie er seiner Mutter helfen sollte. Er brachte ihr frisches kaltes Wasser und ein wenig trocken Brot. Doch da er ihr nichts weiter zu geben vermochte, stand er tagein, tagaus nur hilflos an ihrem Bett und aß traurig ein paar Brotkrumen. Und wenn sie schlief weinte er heimlich dicke Tränen. Die Krankheit wurde von Tag zu Tag immer schlimmer und schließlich lag die arme Frau im Sterben. Sie konnte weder sprechen noch schlucken und erkannte nicht einmal mehr ihren armen kleinen Henri, der neben ihr auf den Knien lag und herzzerreißend schluchzte. Als seine Verzweiflung am größten war, rief Henri laut den Namen einer Fee, den er von seiner Mütter früher öfters gehört hatte:

„Fee Bienfaisante! Fee Bienfaisante, komm und hilf mir! Rette meine Mutter!“

Kaum waren die Worte verklungen, als sich auch schon die Tür öffnete und eine vornehme Dame ins Zimmer trat, die ihn mit sanfter Stimme fragte:

„Was wünscht du von mir, mein kleiner Henri? Du hast mich gerufen. Da bin ich!"

„Madame", rief der Junge verzweifelt, warf sich erneut auf die Knie und umschlang die Beine der guten Fee: „Wenn du die Fee Bienfaisante bist, dann rette meine arme, kranke Mutter, die im Sterben liegt und mich ganz allein in dieser großen, weiten Welt zurücklassen wird."

Voll tiefsten Mitgefühls blickte die gute Fee auf den kleinen Henri, berührte dann die kranke Frau, beugte sich tief über sie, untersuchte aufmerksam ihren Körper, hauchte sie an und sagte schließlich:

„Es tut mir wirklich sehr leid, mein armes Kind. Doch liegt es nicht in meiner Macht, deiner Mutter zu helfen. Nur von dir allein hängt ihr Leben ab! Nur du kannst ihr noch helfen! Wenn du den Mut aufbringst, eine gefährliche Reise zu unternehmen, verrate ich dir, wie."

„Sprechen Sie, Madame! Ich flehe sie an! Es gibt nichts, was ich nicht tun würde, um das Leben meiner Mutter zu retten!"

„Nun gut, so sei es", antwortete die Fee: „Du musst dich auf die Suche nach der Pflanze des Lebens begeben, die hoch oben auf dem Gipfel des gewaltigen Berges wächst, den du von deinem Fenster aus siehst. Hast du diese Pflanze gefunden, nimm sie an dich, presse ein paar Tropfen ihres Saftes in den Mund deiner Mutter und sie wird augenblicks gesunden."

„Oh, wie wunderbar! Tausend Dank, Madame! Sofort werde ich aufbrechen. Nur wer wird sich während meiner

Abwesenheit um meine arme Mutter kümmern? Bestimmt", sagte er, erneut bitterlich weinend, „wird sie sterben, noch bevor ich zurück bin."

„Sorge dich nicht, mein liebes Kind! Solange du die Pflanze des Lebens suchst, wird deiner Mutter nichts Schlimmes zustoßen. Auch wird sie nichts benötigen. Vertraue mir! Bei deiner Rückkehr findest du sie genau in dem Zustand, in dem du sie verlassen hast. Dafür garantiere ich, die Fee Bienfaisante. Jedoch wirst du vielen Gefahren begegnen, schwere Prüfungen zu bestehen haben und viele schreckliche Dinge erleiden müssen, bevor du die Pflanze des Lebens pflücken darfst. Und dazu braucht es ungeheuren Mut, große Beharrlichkeit und Gehorsam."

„Ich fürchte nichts, Madame. Mein Mut, meine Beharrlichkeit und mein Gehorsam sollen niemals schwinden. Sagen Sie mir nur, wie ich die Pflanze unter all den anderen erkennen kann, die vermutlich den Gipfel des Berges bedecken?"

„Wenn du den Gipfel erreicht hast, ruf einfach nach dem Zauberdoktor, der die Verantwortung für die Pflanze trägt. Sage ihm, dass ich dich geschickt habe. Und er wird dir augenblicks die Pflanze des Lebens zeigen."

Henri küsste die Hand der guten Fee, bedankte sich herzlich und verabschiedete sich von ihr. Dann nahm er traurig Abschied von seiner lieben Mutter, bedeckte sie mit Küssen, packte ein wenig Brot in seine Tasche und begab sich auf den Weg. Die Fee Bienfaisante lächelte noch lange dem mutigen kleinen Henri aufmunternd hinterher, der ohne auch nur einen Moment zu zögern, den gefährlichen Berg besteigen wollte, den niemand vor ihm zu erklimmen vermochte.

Die Krähe, der Hahn und der Frosch

Voller Hoffnung marschierte der kleine Henri dem großen Berg entgegen und stellte auf seinem langen Wege erstaunt fest, dass dieser viel weiter entfernt lag, als es ihm von seinem Haus aus immer erschienen war. Anstatt der erwarteten halben Stunde wanderte er mit schnellem Schritt den ganzen Tag, ohne auch nur den Fuß des Berges erreicht zu haben. Nach einem Viertel des Weges erblickte Henri eine Krähe, die erbärmlich in einer Schlinge gefangen saß. Vergebens und unter großen Schmerzen versuchte die arme Krähe sich aus der tödlichen Falle zu befreien. Seinem guten Herzen folgend, lief Henri hin zu ihr, durchschnitt das Seil und schenkte ihr so die lang ersehnte Freiheit.

„Danke, mein mutiger Henri, für diese edle Tat. Wir werden uns wiedersehen“, sprach die Krähe glücklich und flog eilends davon. Henri war sehr überrascht, dass die Krähe sprechen konnte. Doch verminderte er nicht seinen schnellen Schritt.

Einige Zeit danach, während er gerade in einem Wäldchen ausruhte, um ein Stückchen Brot zu sich zu nehmen, erblickte er einen bunten Hahn, der vor einem Fuchs um sein Leben lief. Das arme verängstigte Tier rannte so dicht an Henri vorbei, dass er den Hahn geistesgegenwärtig ergriff und blitzschnell unter seiner Jacke versteckte. Das Ganze ging so schnell, dass der Fuchs nicht das Geringste davon mitbekommen hatte und in der Annahme, der Hahn sei noch vor ihm, seine Jagd eifrig fortsetzte. Henri bewegte sich nicht, bis der Fuchs außer Sichtweite war. Dann ließ er den Hahn frei, der glücklich und mit leiser Stimme sprach:

„Vielen Dank, mein mutiger Henri, für diese edle Tat. Wir werden uns wiedersehen."

Henri war nun ausgeruht, erhob sich, um seine Reise fortzusetzen. Als er wiederum eine beträchtliche Strecke des Weges gegangen war, erblickte er einen Frosch, den gerade eine Schlange verschlingen wollte. Der arme Frosch zitterte wie Espenlaub und vermochte sich, gelähmt von seiner Todesangst, kaum zubewegen. Stetig kroch die Schlange mit weit geöffnetem Maul auf den Frosch zu. Doch im allerletzten Moment ergriff Henri einen großen Stein, warf ihn dermaßen geschickt auf die Schlange zu, dass er ihr in dem Moment im Hals steckenblieb, als sie den armen Frosch verschlingen wollte. Der Frosch machte einen großen Satz und rief glücklich:

„Vielen Dank, mein mutiger Henri, für deine edle Tat. Wir werden uns wiedersehen."

Henri, der davor bereits die Krähe und den Hahn hatte sprechen hören, war nun auch über die Worte des Frosch nicht mehr sonderlich überrascht. Und so setzte er frohen

Mutes seine Wanderung fort. Kurze Zeit danach erreichte Henri endlich den Fuß des hohen Berges. Doch wie groß war sein Entsetzen, als vor ihm ein großer, tiefer und reißender Fluss seinen Weg versperrte. So breit war das Wasser, dass er nicht einmal die andere Seite zu sehen vermochte. Verwirrt hielt Henri inne:

„Vielleicht“, sagte er sich hoffnungsvoll, „finde ich eine Brücke oder eine Furt oder gar ein Boot, um ans andere Ufer zu gelangen?“

Ein großer, tiefer und reißender Fluss versperrte seinen Weg.

Gesagt, getan. Henri folgte dem gesamten Lauf des Flusses, der zu seinem Unglück vollständig den Berg umfloss. Auch konnte er keine Brücke, keine Furt und kein Boot entdecken. Bitterlich weinend setzte er sich an das Ufer des Flusses und gedachte seiner armen kranken Mutter.

„Fee Bienfaisante! Fee Bienfaisante! Komm und hilf mir", rief Henri aus: „Was nützt es mir zu wissen, dass eine Pflanze auf dem Gipfel des Berges wächst, die meiner Mutter das Leben zu retten vermag, wenn ich den Berggipfel doch nicht erreichen kann?"

In diesem Moment erschien plötzlich der bunte Hahn, dem er kurz zuvor das Leben gerettet hatte und sprach:

„Armer Henri, die Fee Bienfaisante kann dir nicht helfen. Denn der Berg liegt außerhalb ihres Machtbereichs. Da du aber mein Leben gerettet hast, werde ich dir nun meine Dankbarkeit erweisen. Komm, steig auf meinen Rücken. Und bei meiner Ehre, ich bringe dich sicher auf die andere Seite!"

Henri zögerte keinen Augenblick, sprang auf den Rücken des Hahns, der ihn so geschickt aufnahm, dass Henri sich sicher wie auf dem Rücken eines stolzen Pferdes fühlte. Da begann der Hahn schon mit seiner Überquerung. Der Fluss war so breit, dass er ganze einundzwanzig Tage ohne Unterbrechung fliegen musste, bis er endlich das andere Ufer erreichte. Doch während dieser einundzwanzig Tage war Henri seltsamer Weise weder müde, noch fühlte er Hunger oder Durst. Und am Ende bedankte sich Henri ganz höflich bei dem Hahn, der jedoch zur Antwort nur anmutig sein Gefieder sträubte und verschwand. Als Henri sich kurz darauf nach dem Flusse umdrehte, war dieser zu seinem großen Erstaunen verschwunden.

„Bestimmt wollte der Geist des Berges mich am Betreten seines Reiches hindern“, sagte sich Henri: „Aber mit Hilfe des Hahns und der guten Fee Bienfaisante wird mir meine Reise dennoch gelingen.“

Die Ernte

Frischen Mutes machte sich Henri wieder auf den Weg. Er lief Tag und Nacht eine lange, lange Zeit, ohne dass er auch nur einen Meter dem Gipfel des Berges näher zu kommen schien. Henri konnte sich dieses Phänomen nicht erklären. Und die meisten wären wohl bereits an diesem Punkt entmutigt umgekehrt. Nicht jedoch Henri. Ungeachtet seiner großen Müdigkeit lief er weitere einundzwanzig Tage, ohne auch nur den kleinsten Fortschritt zu erreichen. Doch am Ende dieser Zeit war er nicht weniger mutig als am Anfang seiner großen Reise:

„Und wenn ich hundert Jahre laufen müsste“, rief er laut, „werde ich so lange weitergehen, bis ich den Gipfel des Berges erreiche.“

„Dann hast du aber ein großes Verlangen dorthin zu gelangen, mein Junge?“, hörte er wie aus dem Nichts urplötzlich eine Stimme zu ihm sprechen. Vor ihm stand ein alter Mann, der ihn boshaft mit seinen kleinen dunklen Augen anblinzelte: „Was suchst du denn so Wichtiges auf dem Gipfel des Berges?“

„Ich suche die Pflanze des Lebens, mein guter Herr, um das Leben meiner lieben Mutter zu retten, die im Sterben liegt."

Der kleine alte Mann schüttelte verwundert seinen Kopf, legte das schmale kleine Kinn auf die Spitze seines vergoldeten Spazierstocks. Und nachdem er Henri eine ganze Weile nachdenklich gemustert hatte, sprach er:

„Dein unschuldiges Gesicht gefällt mir, mein Junge. Ich bin der erste Wächter des Berges und werde dir unter einer Bedingung erlauben weiterzugehen, nämlich wenn du all meinen Weizen erntest, ihn drischst, ihn zu Mehl malst und dann Brot daraus bäckst. Alle notwendigen Geräte findest du hier in diesem Graben. Die Weizenfelder liegen direkt vor dir. Hast du alles vollbracht, dann rufe mich."

Der alte Mann verschwand so plötzlich, wie er gekommen war. Und Henri starrte mit großer Furcht auf die endlosen Weizenfelder, die sich bis zum Horizont vor ihm ausbreiteten. Auch wunderte ihn diese Aufgabe sehr, da er sich unmöglich vorstellen konnte, was ein so kleiner Mann mit so viel Brot anfangen sollte. Gewiss würden es verderben, was dem zur Sparsamkeit erzogenen kleinen Henri überhaupt nicht gefiel. Doch bald schon besiegte er seinen Kleinmut und seine Zweifel, zog seine Jacke aus, ergriff eine Sense und begann sorgfältig das Getreide zu mähen. Diese Arbeit beschäftigte ihn nicht weniger als hundertfünfundneunzig Tage. Als das gesamte Getreide abgemäht war, begann es Henri mit einem Dreschflegel zu schlagen. Diese Tätigkeit beschäftigte ihn weitere sechzig Tage. Als das gesamte Getreide gedroschen war, fing er es in einer Mühle an zu mahlen, die wie von Geisterhand plötzlich vor ihm stand. Diese Tätigkeit beschäftigte ihn noch einmal siebzig Tage. Nachdem das Getreide vollständig gemahlen war, knetete und backte er es, was ihn noch einmal hundertzwanzig Tage kostete. Schließlich legte er die Brote in nur sieben Tagen in die unzähligen Regale und rief außer sich vor Freude den Wächter des Berges.

Kaum erschienen, begann dieser emsig mit dem Zählen und kam auf die stolze Summe von vierhundertachtundsechzigtausend dreihundertneunundzwanzig Broten. Der Wächter roch an ihnen, kostete das ein oder andere genüsslich und tätschelte Henri schließlich zufrieden die Wangen:

„Du bist ein guter Junge und ich möchte dich für deine Arbeit bezahlen. Niemand soll sagen können, dass du umsonst für den Wächter des Berges gearbeitet hättest.“

Mit diesen Worten zog er eine kleine Holzschachtel aus seiner Tasche, überreichte sie Henri und sprach:

„Wenn du wieder zu Hause bist, öffne diese Schachtel. In ihr wirst du den köstlichsten Tabak finden, den die Welt je gesehen hat.“

Da aber Henri noch viel zu klein für Tabak war, erschien ihm das Geschenk völlig nutzlos. Doch wollte er nicht unhöflich sein. Und so bedankte er sich bei dem alten Mann, der nur verschlagen lächelte, kurz darauf derb zu lachen anfing und verschwand.

Die Weinlese

Erleichtert setzte Henri seinen Weg fort und bemerkte zu seiner großen Freude, dass jeder Schritt ihn nun tatsächlich Stück für Stück dem Gipfel des Berges näher brachte. Innerhalb von drei Stunden hatte er schon Zweidrittel des Weges zurückgelegt. Doch plötzlich ragte wie aus dem Nichts eine gewaltige Mauer vor ihm in den blauen Sommerhimmel. Drei ganze Tage wanderte Henri an ihr entlang, ohne auch nur den kleinsten Durchgang zu finden. Und am Ende musste er zu seinem Schrecken erkennen, dass die Mauer den gesamten Berg umgab. Verwirrt setzte er sich auf den Boden, suchte nach einer Lösung. Und als er sie nicht fand, beschloss er einfach nur zu warten. So saß er geduldig ganze fünfundvierzig Tage ohne den geringsten Erfolg. Und am Ende rief er trotzig:

„Niemals werde ich umkehren und wenn ich hundert Jahre hier warten müsste."

Kaum waren die Worte verklungen, als ein Teil der Mauer plötzlich mit schrecklichem Getöse vor seinen Augen zusammenbrach. In der Öffnung erschien ein gewaltiger Riese mit einer Keule:

„Dann hast du aber ein großes Verlangen, hier hindurchzugehen, mein Junge? Was suchst du denn so Wichtiges hinter der Mauer?"

„Ich suche die Pflanze des Lebens, Meister Riese, um das Leben meiner lieben Mutter zu retten, die im Sterben liegt. Wenn du mir erlaubst, diese Öffnung zu durchschreiten, tue ich alles, was du befiehlst."

„Alles, was ich befehle? Deine Haltung gefällt mir. Nun gut, dann hör zu! Ich bin der zweite Wächter des Berges. Wenn du meine Weinkeller füllst, werde ich dir erlauben, diese Mauer zu durchqueren. Schau, hier sind meine Weinstöcke. Ernte die Trauben, presse den Saft heraus, fülle ihn in die Fässer und lagere sie gut im Keller. Alle notwendigen Geräte findest du hier am Fuße dieser Mauer. Hast du alles vollbracht, dann rufe mich."

Der Riese verschwand und die Wand schloss sich hinter ihm mit Getöse. Henri schaute sich um. Soweit wie das Auge reichte, erblickte er überall nur Weinstöcke.

„Nun, gut. Ich habe den Weizen des alten Mannes geerntet. Also werde ich auch die Weintrauben des Riesen ernten können. Und überdies werde ich viel schneller aus den Trauben Wein herstellen können als aus dem Weizen Brot. Nur was will der Riese mit dem vielen Wein? Gewiss wird er verderben", dachte der kleine Henri, den seine Mutter zur Sparsamkeit erzogen hatte.

Doch bald schon besiegte Henri seinen Zweifel, zog seine Jacke aus, nahm ein Gartenmesser in die Hand, begann die Weintrauben zu ernten und warf sie anschließend in die Bottiche.

Ein Teil der Mauer fiel mit schrecklichem Getöse vor seinen Augen zusammen.

Dreißig Tage brauchte er für dies Arbeit. Dann presste er den Saft aus den Trauben, füllte ihn in die Fässer und lagerte sie in dem Keller, was weitere neunzig Tage in Anspruch nahm. Und als der Wein endlich fertig und alles im Keller in bester Ordnung war, rief Henri den Riesen.

Kaum erschienen, begann der Wächter emsig die Fässer zu prüfen, den Wein zu kosten und die Fässer zu zählen und wandte sich dann zufrieden Henri zu:

„Du bist ein tapferer kleiner Mann und ich möchte dich für deine Arbeit bezahlen. Niemand soll sagen können, dass du umsonst für den Wächter des Berges gearbeitet hättest."

Mit diesen Worten zog er eine stachlige Distel aus seiner Tasche, überreichte sie Henri und sprach listig:

„Wenn du wieder zu Hause bist, und irgendetwas benötigen solltest, riech einfach an dieser Distel."

Henri fand den Riesen nicht besonders freigiebig, aber empfing die Distel dennoch mit einem freundlichen Lächeln. Der Wächter lachte darauf dermaßen laut, dass der ganz Berg erbebte und er samt Mauer im Erdboden verschwand.

Die Jagd

Dadurch konnte Henri endlich seine Reise fortsetzen und nach nur einer halben Stunde kam er bereits an den Gipfel des Berges. Doch kaum war er auf diesem ein paar Schritte gelaufen, da klaffte urplötzlich eine riesige Schlucht vor seinen Füßen, so breit und tief, dass er unmöglich die andere Seite erreichen konnte. Doch auch hier verlor Henri nicht den Mut. Eineinhalb Tag folgte er dem Rand der Schlucht, um schließlich festzustellen, dass sie den gesamten Berggipfel umgab. Da endlich kamen ihm die ersten Bedenken:

„Oje! Was soll ich tun? Gerade erst habe ich zwei schwere Hindernisse überwunden, da taucht schon ein drittes, noch viel schwierigeres vor mir auf. Wie nur soll ich diese gewaltige Schlucht überwinden? Werde ich jemals an mein Ziel gelangen?“

Das erste Mal füllten sich die Augen des armen kleinen Henris mit Tränen. Doch gab er noch immer nicht auf und begann nach einer Möglichkeit ihrer Überquerung zu suchen. Als er keine fand, setzte er sich traurig an den Rand des Abgrunds. Da vernahm er plötzlich ein schreckliches Knurren. Und als er sich erschrocken umdrehte, stand da keine zehn Meter vor ihm ein riesiger Wolf, der ihn mit glühenden Augen anstarrte:

„Was suchst du in meinem Reich?", knurrte der Wolf mit bedrohlicher Stimme.

„Meister Wolf, ich suche die Pflanze des Lebens, um das Leben meiner lieben Mutter zu retten, die im Sterben liegt. Wenn du mir hilfst, diese Schlucht zu überqueren, werde ich als ein treuer Diener jedem deiner Befehl gehorchen."

„Jedem meiner Befehle? Das ist gut, mein gehorsamer Junge! Dann fange alles Wild, das in meinem Walde lebt, Vögel und wilde Tiere, töte ein jedes und bereite mir die schönsten Braten aus ihnen. Für diese Tat werde ich dich, bei der Ehre eines Wolfes, über die Schlucht auf die andere Seite bringen. Unter diesem Baum findest du alle Gerätschaften, die du benötigst. Hast du alles vollbracht, dann rufe mich."

Mit diesen Worten verschwand der Wolf vor seinen Augen. Henri war tief betrübt, denn er liebte die Tiere und wollte keines von ihnen töten. Aber er dachte auch an seine arme kranke Mutter, der er die Pflanze des Lebens bringen musste, wenn sie nicht sterben sollte. Und er wusste nicht mehr ein und aus.

Endlich, nach vielen Stunden voller Zweifel fasste Henri einen Entschluss. Mit Tränen in den Augen ergriff er Pfeil und Bogen und begann blutenden Herzens auf die armen Rebhühner, Waldschnepfen, Fasanen und die anderen Tiere des Waldes zu schießen, die er in großer Fülle vor sich fand. Doch wie er es auch immer anstellte, ob es nun an seinen stetig fließenden Tränen lag, die ihm die Sicht nahmen, oder aber weil er nicht das Geringste von der Jagd verstand, nach acht Tagen hatte Henri auch nicht eines der armen Tiere getötet.

Verzweifelt, völlig hin und hergerissen zwischen dem traurigen Schicksal seiner Mutter und dem der unglücklichen Tiere, setzte er sich auf den Boden. Da plötzlich vernahm er ein Flügelflattern und erblickte die Krähe, die er am Anfang seiner Reise aus der Schlinge befreit hatte:

„Du hast mir einst das Leben gerettet. Und nun werde ich meine Schuld dir gegenüber einlösen. Denn ich sehe, was in dir vorgeht und verstehe deine Trauer und Verzweiflung. Doch wisse, dass wenn du dein Versprechen dem Wolf gegenüber nicht erfüllst, er dich in ein schreckliches wildes Tier verwandeln und fressen wird. Drum folge mir. Ich werde für dich jagen gehen. Du musst die toten Tiere nur aufsammeln und zubereiten.“

Damit erhob sich die Krähe, flog über die Bäume des Waldes und tötete mit ihrem Schnabel und ihren Krallen alle Tiere, die sie fand. Der Wald hallte wider vom Jammer und Schmerzensgeschrei des Todes. Und am Ende lagen eine Million achthundertsechzigtausend siebenhundertsechsundzwanzig unschuldige Tiere und Vögel, Eichhörnchen, Sumpfhühner, Fasanen und Wachteln, Hasen und Rehe, ermordet auf dem von ihrem Blute rotgefärbten Waldboden. Henri zupfte die Federn, häutete die Tiere, schnitt sie auf und bereitete unzählige Braten aus ihnen. Und nachdem alles getan war, sagte die Krähe zu ihm:

„Adieu, Henri. Nun bleibt nur noch ein schweres Hindernis für dich zu überwinden. Dieses aber wird so gewaltig sein, dass auch ich dir hierbei nicht helfen kann. Doch sei nicht mutlos. Die Liebe wird dich beschützen!"

Bevor Henri die Krähe fragen konnte, was sie denn mit diesen seltsamen Worten gemeint habe, war sie bereits verschwunden. Henri rief den Wolf:

„Meister Wolf, hier ist alles Wild deines Waldes. Ich habe es zubereitet, wie befohlen. Wirst du mir nun helfen, die Schlucht zu überqueren?"

Der Wolf prüfte einen Fasan, zerkaute ein gebratenes Eichhörnchen und biss in eine kleine Lerche. Dann leckte er seine Lippen und sprach zu Henri:

Der Wolf machte einen gewaltigen Satz über die Schlucht.

„Du bist ein mutiger und gehorsamer Junge. Für diesen Gehorsam werde ich dich bezahlen. Niemand soll sagen können, dass du umsonst für den Wolf des Berges gearbeitet hättest."

Mit diesen Worten gab er Henri einen Stock, den er im Wald geschnitten hatte:

„Wenn du die Pflanze des Lebens gepflückt hast und schnell nach Hause zurückzukehren wünschst, besteige einfach diesen Stock. Er bringt dich an jeden Ort der Welt."

Henri war kurz davor, den seiner Meinung nach völlig unnützen Stock in den Wald zu werfen. Aber er war zu höflich und so behielt er ihn lächelnd bei sich.

„Komm auf meinen Rücken, Henri", sprach der Wolf.

Kaum geschehen, machte der Wolf schon einen derart gewaltigen Satz über die Schlucht, dass er samt Henri augenblicks auf der anderen Seite landete. Henri stieg ab, dankte dem Wolf und ging frohen Herzens weiter.

Das Fischen

Nach so vielen Mühen und Hindernissen war Henri überglücklich, endlich in der Ferne den Gitterzaun zum Garten der Pflanze des Lebens zu erblicken. Sein Herz hüpfte vor lauter Freude. Und so lief er immer schneller und schneller, achtete kaum mehr auf den Weg, bis er schließlich in einen Wassergraben fiel. Erschrocken sprang er zurück und schüttelte sich die Nässe von den Sachen. Der Graben war sehr breit und lang und nirgendwo ein Ende abzusehen.

„Ohne Zweifel ist dies das letzte Hindernis von dem die Krähe sprach“, sagte sich Henri: „Da ich bis jetzt alle Schwierigkeiten bewältigt habe, werde ich auch dieses Hindernis überwinden. Kaum hatte er die Worte ausgesprochen, als ein riesengroßer Kater vor ihm erschien und derart schrecklich zu miauen begann, dass Henri beinahe taub davon wurde:

„Was tust du hier an meinem Graben? Weiß du nicht, dass ich dich mit einem Schlag meiner Pfote in Stücke reißen kann?“

„Ich zweifle nicht an deiner Kraft, Herr Kater. Aber gewiss wirst du mir nichts tun, wenn du erfährst, dass ich die Pflanze des Lebens suche, um das Leben meiner lieben Mutter zu retten, die im Sterben liegt. Wenn du mir erlaubst, deinen Wassergraben zu überqueren, will ich alles tun, was du von mir verlangst."

„Alles, was ich verlange? Deine Haltung gefällt mir. Dann höre! Wenn du alle Fische in meinem Graben fängst, sie tötest, salzt und zubereitest, werde ich dich bei der Ehre eines Katers zur anderen Seite bringen. Hier ist alles, was du dazu brauchst."

Henri machte ein paar Schritt nach vorn und sah Fäden, Angelhaken, Köder und Fischernetze auf dem Boden liegen. Wie schon bei dem Wolf und den armen Tieren des Waldes kamen ihm Bedenken, die unschuldigen Kreaturen zu töten. Doch als er so in sich hinein hörte, bemerkte er erstaunt, dass seine Schuldgefühle im Vergleich zum ersten Mal schon viel kleiner geworden waren. Sollte das Fischen tatsächlich das so gewaltige und letzte schwierige Hindernis sein, von dem die Krähe sprach?

„Nichts leichter als das", rief Henri und griff sich das Netz, da er damit in kurzer Zeit viel erfolgreicher zu sein hoffte als mit dem Angelhaken. Er zog es hin und her durch das trübe Wasser zehn ganze Tage lang. Doch er fing nicht einen Fisch. Darauf versuchte er es mit Angelhaken und Faden. Er wartete eine Stunde, zwei Stunden, bewegte sich von Ort zu Ort, bis er den ganzen Graben entlanggelaufen war. Doch auch nach fünfzehn Tagen hatte kein Fisch angebissen. So wusste Henri nicht mehr, was er tun sollte. Traurig setzte er sich hin und starrte in den Graben, als plötzlich das trübe

Wasser zu brausen begann und der Kopf eines Frosches an der Oberfläche erschien.

„Henri", sagte der Frosch: „Du rettetest einst mein Leben. Im Gegenzug möchte ich heute das deine retten. Wenn du nämlich die Befehle des Katers des Berges nicht befolgst, wird er dich morgen zum Frühstück fressen. Wisse, dass du nur deshalb die Fische nicht zu fangen vermagst, weil das Wasser so tief ist, und sie derart auf den Grund des Grabens fliehen. Aber erlaube mir, die Fische für dich zu töten. Zünde derweil schon einmal das Feuer für ihre Zubereitung an und stelle die Salzfässer auf. Gleich werde ich dir die Fische bringen."

Kaum gesagt, verschwand der Frosch unter der Wasseroberfläche. Große Wellen bewegten sich hin und her, das Wasser schäumte, wie wenn ein großer Kampf im Gange sei. Und bald schon sprang der Frosch mit einem großen Lachs zurück ans Ufer. Henri hatte kaum Zeit den Fisch zu ergreifen, als der Frosch bereits mit einem Karpfen ans Ufer kam. Sechzig Tage lang setzte der Frosch so das Jagen und Töten fort. Henri kochte die großen Fische und die kleinen warf er in die Salzfässer. Und schließlich am Ende der Zeit sprach der Frosch zu Henri:

„Nun gibt es keinen einzigen Fisch mehr im Graben. Du kannst den Kater des Berges rufen."

Der Frosch verschwand und Henri rief den Kater, der augenblicks erschien:

„Herr Kater, ich habe alle deine Fische gekocht und gesalzen. Wirst du nun dein Versprechen halten und mich über den Graben auf die andere Seite bringen?"

Der Kater untersuchte die Fische und die Fässer, kostete einen gesalzenen und einen gekochten Fisch, leckte seine Lippen und sagte lächelnd zu Henri:

„Du bist ein mutiger und gehorsamer Junge! Ich werde deinen Gehorsam belohnen. Niemand soll sagen können, dass der Kater des Berges seinen Diener nicht bezahlt hätte."

Daraufhin riss sich der Kater ein rotes Bändchen von seinem Halse und übergab es Henri mit den Worten:

„Wenn du dich krank und alt fühlst, berühre deinen Hals mit diesem Bändchen. Und augenblicks werden Krankheit und Alter verschwinden."

Henri dankte dem Kater, nahm das kostbare Bändchen und drückte es neugierig an seinen Hals. Im selben Augenblick verflüchtigte sich bereits die quälende Müdigkeit, die ihn die letzten Wochen das Leben zur Qual gemacht hatte. Und Henri fühlte sich munter wie der frische Morgen. Der Kater lächelte nur wissend und sprach: „Steig auf meinen Rücken, Junge."

Kaum hatte Henri Platz genommen, als der Kater sich merkwürdig zu verlängern begann, bis er wie eine Brücke den gesamten Graben überspannte.

Die Pflanze des Lebens

Henri lief über die derart entstandene Katzenbrücke, verabschiedete sich respektvoll von dem Kater und rannte fröhlich in Richtung des Gartens der Pflanze des Lebens, der nur mehr wenige Schritt von ihm lag. Noch zitterte er, ob nicht etwa ein neues Hindernis seinen Weg versperren könnte. Doch glücklich er erreichte den Gartenzaun. Nur, oje! Der Garten war angefüllt mit einer riesigen Zahl ihm völlig unbekannter Pflanzen. Wie sollte er da bloß die Pflanze des Lebens finden? Glücklicherweise erinnerte er sich im selben Augenblick an den guten Rat der Fee Bienfaisante und so rief er mit lauter Stimme nach dem Zauberdoktor, der die Pflanze des Lebens behütete.

Schon raschelte es im Gesträuch und Henri erblickte einen in ein schwarzes Gewand gekleideten kleinen Mann nicht größer als ein kleines Kind. Unter seinem Arm trug er ein dickes Buch und auf seiner langen Nase eine dicke schwarze Brille.

„Was suchst du hier, mein Junge?“ fragte der Zauberdoktor ernst.

„Was suchst du hier, mein Junge?", fragte der Zauberdoktor ernst: „Und wie ist es möglich, dass du den Gipfel des Berges erreichen konntest?"

„Werter Zauberdoktor, die gute Fee Bienfaisante schickt mich, damit du mir die Pflanze des Lebens zeigst, um das Leben meiner lieben Mutter zu retten, die im Sterben liegt."

„Alle Freunde der Fee Bienfaisante sind mir herzlich willkommen", sagte der der kleine Mann und verneigte sich respektvoll vor Henri: „Doch die Pflanze des Lebens kann ich dir nicht geben!"

Henri erschrak zu Tode bei diesen entsetzlichen Worten, denn er dachte an seine arme Mutter, die nun sterben müsste:

„Aber wieso denn nicht? Habe ich nicht jedes Hindernis überwunden und alle Prüfungen bestanden?"

„Nein, das hast du nicht! Erinnere dich an die armen Tiere des Waldes und die unschuldigen Fische im Wasser. Hast du sie nicht alle grausam getötet? Und was ist mit den vielen Broten, die keiner isst und dem vielen Wein, den keiner trinkt?"

„Ja, aber all dies musste ich doch tun. Das war doch meine Aufgabe, um die Prüfungen zu bestehen. Ich musste doch den Befehlen des Wolfs, des Katers und der Wächter gehorchen!"

„Dummer kleiner Junge! Du wolltest das Leben deiner armen Mutter retten um den Preis des Lebens Millionen unschuldiger Tiere? Findest du solch ein Verhalten etwa richtig? Verstehst du das unter einer bestandenen Prüfung? Wenn ja, dann bist ein Kind des Teufels! Drum pfui, weg mit dir, aus meinen Augen!"

„Nein …!“, schrie Henri herzerweichend und dicke Tränen stürzten aus seinen Augen: „Das darfst du nicht! Auch wenn ich ein herzloser Junge bin. Was kann meine arme kranke Mutter dafür, dass sie solch einen bösen Sohn hat? Bitte lass nicht sie für meine Verbrechen leiden und schenke ihr die Pflanze des Lebens! Behalte mich dafür als Diener! Verlange was du willst, ich werde all deinen Befehlen gehorchen!“

„All meinen Befehlen gehorchen? Als mein Diener? Bis du wirklich so dumm, armer Junge, so schlimme Dinge zu versprechen? Genau dieses unselige Verhalten ist dir und den armen Tieren beim Wolf und dem Kater zum Verhängnis geworden. Wisse, dass man niemals blind den Befehlen anderer gehorchen darf! Gehorchen darfst du nur allein der Stimme deines Herzens!“

Bei diesen letzten Worten des Zauberdoktors war Henri von tiefem Kummer überwältigt schluchzend zu Boden gestürzt. Erst jetzt wurde ihm die ganze Schändlichkeit seines Tuns bewusst. Und er verstand endlich, dass es keine Hoffnung mehr für ihn und seine arme Mutter geben konnte. Der kleine Mann ging ernst von dannen und ließ Henri allein in seinem Elend. Henri weinte voller Trauer bittere Tränen um die armen Tiere und seine liebe Mutter, die nun sterben musste. Und bis zum nächsten Morgen rief er vergeblich nach der Fee Bienfaisante, dass sie ihm doch vergeben möchte.

Als die Sonne aufging, spürte er plötzlich eine sanfte Hand auf seiner Schulter:

„Henri, mein Junge“, sprach der Zauberdoktor: „Die ganze Nacht über habe ich in deinem Herzen gelesen und gesehen, dass es von echter Reue erfüllt ist. Und diese dunkle, sternenlose Nacht war die allerletzte und schwierigste Prüfung, die dir die Krähe bereits vorausgesagt hatte. Außerdem rettetest du ohne Zögern, der Stimme deines Herzens folgend, dem Hahn, dem Frosch und der Krähe das Leben. Und mit diesen Taten allein hast du auch deine liebe Mutter vor dem sicheren Tod bewahrt. Denn wisse, Henri, rettest du nur ein Leben, dann rettest du die ganze Welt! Drum sei nun wieder glücklich und froh. Denn die Tiere des Waldes und die Fische im Wasser sind frisch und munter. Noch diese Nacht habe ich sie alle wieder zum Leben erweckt. Und nun komm, steh auf. Ich werde dir die Pflanze des Lebens zeigen!“

Henri wusste nicht, ob er lachen oder weinen sollte, so überwältigt war er von den glückverheißenden Worten des Zauberdoktors, die ihn völlig unerwartet aus tiefster Verzweiflung wieder ins helle Licht gezogen hatten. Und noch auf dem Weg zur Pflanze des Lebens schwor er sich im Stillen, nie wieder einer anderen Stimme denn der seines Herzens zu gehorchen!

Henri hatte alle Schwierigkeiten, dem kleinen Mann durch den grünen Dschungel zu folgen, da dieser fast vollständig zwischen den wild wuchernden Pflanzen verschwand. Doch schließlich blieben sie vor einem herrlichen, von innen heraus leuchtenden Busch stehen, in dem die herrlichsten Blüten in allen Farben des Regenbogens erglühten.

„Dies ist die Pflanze des Lebens. Du darfst nun einen kleinen Zweig von ihr abbrechen. Nimm ihn an dich und verwende ihn so, wie die gute Fee Bienfaisante es dir einst bestimmte. Nur lasse ihn auf deinem Rückweg niemals aus den Händen! Solltest du die Pflanze des Lebens dennoch aus irgendwelchen Umständen ablegen, wird sie augenblicks vor dir fliehen und du sie nie mehr wiederfinden.“

Henri wollte dem Zauberdoktor gerade herzlich danken, da war der kleine Mann bereits zwischen den Pflanzen verschwunden.

„Wie nur soll ich mit der Pflanze heil nach Hause zurückkehren? Erwarten mich auf meinem Rückweg dieselben Hindernisse wie auf dem Hinweg, dann werde ich die Pflanze des Lebens gewiss verlieren, die allein meiner lieben Mutter das Leben retten kann.“

Doch da erinnerte sich Henri glücklich des Stockes, den ihm der Wolf gegeben hatte.

„Gut, lass uns sehen, ob du mich tatsächlich glücklich nach Hause zu bringen vermagst.“

Kaum gesagt, saß er schon auf dem Stock und fühlte sich augenblicks in die weiten Lüfte gehoben. Henri flog so schnell, dass die Erde unter ihm in einem Farbenmeer verschwamm. Und nach wenigen Sekunden fand er sich bereits am Bett seiner armen Mutter wieder. Henri sprang auf sie zu, küsste und umarmte sie herzlich. Doch weder sah noch fühlte sie ihn. Da verlor er keine Zeit, presste einige Tropfen der Pflanze des Lebens auf ihre blassen Lippen. Und im selben Moment schon öffnete sie ihre Augen, schlang die Arme um Henri und rief:

„Mein liebes Kind! Mein lieber guter Henri! Ich glaube, ich war sehr krank. Doch nun fühle ich mich wieder gesund.“

Dann blickte sie voller Verwunderung auf ihren Sohn und fragte: „Oh, wie du gewachsen bist, mein Junge? Wie ist das nur möglich? Wie kannst du dich in wenigen Tagen so verändert haben?“

Henri war tatsächlich größer geworden. Zwei Jahre, sieben Monate und sechs Tage waren vergangen, seit er das Haus seiner Mutter verlassen hatte. Doch noch bevor er ihr antworten konnte, öffnete sich plötzlich die Tür und die gute Fee Bienfaisante erschien. Sie umarmte Henri zärtlich und berichtete seiner Mutter von alldem, was der kleine Henri getan und erlitten hatte, von den Gefahren und Prüfungen, die er glücklich bestanden und von seinem Mut, seiner Geduld und seiner Herzensgüte, die er bewiesen hatte.

Bei diesen letzten Worten errötete Henri heftig, denn er dachte an die vielen unschuldigen Tiere, die durch sein herzloses Verhalten ihr Leben verloren hatten. Doch die gute Fee Bienfaisante schüttelte nur mild lächelnd den Kopf und fuhr ihm verzeihend über die Haare. Die Mutter hingegen presste Henri voller Stolz und Freude an ihr Herz und bedeckte ihn mit tausend Küssen. Nachdem die ersten Momente der Rührung vergangen waren, sprach die Fee schmunzelnd:

„Und nun Henri, kannst du von deinen Geschenken Gebrauch machen."

Henri zog die kleine Schachtel aus seiner Tasche und öffnete sie. Unmittelbar darauf strömte bereits eine große Schar fleißiger Heinzelmännchen aus ihr hervor, nicht größer als eine Bohne. Die begannen mit solcher Schnelligkeit zu bauen, dass in nur einer viertel Stunde bereits ein wunderschönes, komplett eingerichtetes Haus inmitten eines lieblichen Gartens, umringt von wunderschönen Wiesen, vor ihnen stand.

„All das gehört dir, mein mutiger Henri", sagte die Fee: „Die Distel des Riesen wird dich mit allem versorgen, was du brauchst. Der Stock des Wolfs bringt dich an jeden Ort der

Welt und das Bändchen des Katers wird für immer und ewig eure Gesundheit und Jugend bewahren. Adieu nun, mein lieber kleiner Henri! Sei glücklich und vergiss niemals der Stimme deines Herzens zu gehorchen!“

Prinzessin Rosette und Prinz Charmant

Auf der Farm

Es war einmal ein König und eine Königin, die hatten drei Töchter. Die zwei ältesten mit Namen Orangine und Roussette waren Zwillinge und ihre Eltern liebten sie von ganzem Herzen. Doch obgleich intelligent und wunderschön, ermangelte es den Mädchen leider an jeglicher Herzensgüte und Tugend. In dieser Hinsicht ähnelten sie sehr dem König und der Königin. Die dritte Prinzessin, Rosette, war drei Jahre jünger. Und alles, was ihren Schwestern und ihren Eltern fehlte, besaß sie dafür im Überfluss. Nicht nur war sie schön und liebenswürdig, sondern auch herzensgut und tugendhaft. Und zu ihrem Glück hatte sie auch noch die gute Fee Puissante als Patentante. Doch genau dies machte ihre Schwestern ganz besonders eifersüchtig.

Bereits einige Tage nach der Geburt Rosettes schickten der König und die Königin das ungeliebte Kind zu einer Farm aufs Land. Rosette lebte hier glücklich fünfzehn Jahre, ohne dass ihre Eltern auch nur einmal vorbeigekommen wären. Jedes Jahr schickten sie dem Farmer einen kleinen Geldbetrag für Rosettes Auslagen und stellten ihm irgendwelche unwichtige Fragen wie, ob es den Monat geregnet hätte oder ob ihm beim Gewitter die Milch sauer geworden wäre. Doch weder kamen sie, um Rosette zu sehen, noch kümmerten sie sich um ihre Erziehung. Unter diesen Umständen hätte Rosette tatsächlich sehr roh und unwissend bleiben können. Doch ihre gute Patentante besorgte ihr die allerbesten Lehrer und überhaupt alles, was sie benötigte. Auf diese Weise lernte Rosette lesen, schreiben, rechnen und vieles mehr. Sie wurde eine vollendete Musikerin, sprach fließend mehrere Sprachen. Ja, Rosette war die schönste, anziehendste, liebenswürdigste und klügste Prinzessin der ganzen Welt. Da sie ihre Eltern nicht kannte, trauerte Rosette auch nicht um Mutter und Vater. Und ebenso wenig sehnte sie sich nach irgendeinem anderen zu Hause als dem ihrer Farm, auf der sie allezeit so glücklich gewesen war.

Eines Tages saß Rosette vor dem Haus auf einer Bank, als sie einen Mann in der Kleidung eines königlichen Dieners sich nähern sah:

„Guten Tag, Bäuerin! Weißt Du vielleicht, wo ich die Prinzessin Rosette finden kann?“

„Ja, ohne Zweifel“, antwortete sie: „Die Prinzessin Rosette bin ich.“

Rosette sah einen Mann in der Kleidung eines königlichen Dieners sich nähern.

„Dann, Prinzessin", sagte der Mann, respektvoll seinen Hut abnehmend: „erweisen Sie mir gnädiger Weise die Ehre, diesen Brief freundlichst entgegenzunehmen, den ihr Herr Vater, der König, mich beauftragte, ihnen zuzustellen."

Rosette nahm erstaunt den Brief, öffnete ihn und las die folgenden Worte:

„Rosette. Deine Schwestern sind nun achtzehn Jahre alt und es ist an der Zeit, sie zu verheiraten. Ich habe die Prinzen und Prinzessinnen aller Königreiche der Erde zu einem großen Fest eingeladen, um so die besten Ehemänner für meine über alles geliebte Orangine und meine entzückende Rousette auswählen zu können. Da du nun fünfzehn Jahre alt bist, darfst auch du gemäß Anstand und Sitte auf dem Fest erscheinen. Drei Tage erlaube ich dir, in meiner werten Gesellschaft zu verweilen und werde dich dazu in acht Tagen holen lassen. Aufgrund der großen Auslagen für deine Schwestern kann ich dir jedoch kein Geld für irgendwelche Kleidung schicken. Doch dies ist nicht schlimm, da dich sowieso niemand anschauen wird. Komm daher in den Sachen, die auch sonst trägst. Denn wie du aussiehst, ist völlig egal. Der König, dein Vater."

Rosette rannte eilends zu ihrer Amme, um ihr den Brief zu zeigen.

„Sag, Rosette, freust du dich, auf dieses Fest gehen zu können?"

„Ja, meine gute Amme, und wie! Denn ganz gewiss werde ich viel Spaß haben und endlich meinen Vater, meine Mutter und meine Schwestern kennen lernen. Und dann kehre ich glücklich zu dir zurück."

„Aber", sagte die Amme, sorgenvoll ihren Kopf schüttelnd: „Was für Kleidung willst du auf dem Fest tragen, mein armes Kind?"

„Mein wunderschönes Kleid aus weißer Baumwolle, das ich immer an Festtagen trage."

„Meine arme Kleine, dieses Bauernkleid ist passend fürs Land, würde aber auf einem königlichen Fest einen gar armseligen Anblick abgeben."

„Und wenn schon. Was hat dies für eine Bedeutung? Mein Vater hat doch geschrieben, dass mich sowieso niemand anschauen wird. Und diese Tatsache macht es mir viel leichter. Also werde ich alle sehen und mich dafür keiner. Ist das nicht schön?"

Die Amme seufzte ob der unschuldigen Gedanken ihrer lieben Rosette, sagte aber kein Wort und begann augenblicks ihr weißes Kleid zu flicken, zu waschen und zu bügeln.

Am Tag bevor der König Rosette holen ließ, sprach die Amme zu ihr:

„Mein liebes Kind, hier ist dein Kleid für das Fest des Königs. Geh sehr vorsichtig damit um, denn du hast nur das eine. Und ich bin nicht da, um es dir wieder waschen und bügeln zu können."

„Danke, meine gute Amme. Mach dir keine Sorgen. Ich werde sehr vorsichtig sein."

Die Amme packte das schlichte weiße Baumwollkleid, ein paar Baumwollstrümpfe, ein Paar schwarze Schuhe in eine kleine Holztruhe und legte noch ein kleines Blumenbouquet für ihr Haar hinzu. In dem Moment aber, da sie die Truhe schließen wollte, öffnete sich ungestüm die Tür und die Fee Puissante stürmte herein:

„Wie ich sehe, beabsichtigst du, zum Hofe deines Vaters zu reisen, meine liebe Rosette?"

„Ja, liebe Patentante, aber nur für drei Tage."

„Aber welche Kleidung hast du für diese drei Tage vorbereitet?"

„Schau, Patentante! Schau nur!", sprach Rosette und zeigte auf die kleine Truhe.

Die Fee lächelte und zog eine kleine Flasche aus ihrer Tasche:

„Oh weh! Ich denke, dass meine liebe Rosette mit dieser Kleidung viel zu großes Aufsehen am Hofe erregen würde. Doch dies verdient sie nicht."

Die Fee öffnete das Fläschchen, ließ einen Tropfen der darin enthaltenen Flüssigkeit auf Rosettes Kleid fallen, welches sich augenblicks in grobes graues Tuch verwandelte, darauf einen Tropfen auf ihre Baumwollstrümpfe, die sich in hässliches derbes Garn verwandelten, einen dritten Tropfen auf das Bouquet, das zu einer Hühnerfeder wurde und einen vierten auf ihre Schuhe, an deren Stelle nunmehr zwei unansehnliche Filzpantoffeln in der Truhe lagen.

„Dies soll die Ausstattung sein, in der meine liebe Rosette bei Hofe erscheint", sprach die Fee mit huldvoller Haltung: „Bitte trage ausschließlich diese Kleidung und als Schmuck dazu diese Kette aus Nüssen, jenes Haarband aus Kletten und den kostbaren Ohrschmuck und die Armbänder aus getrockneten Bohnen."

Die Fee küsste die völlig bestürzte Rosette und verschwand. Die Amme brach gar in Tränen aus.

„Oje! Wozu habe ich mir all die Mühe gemacht, deine armselige Kleidung für das königliche Fest aufzubessern. Und nun sollst du noch hässlichere Dinge tragen als diese! Oh, meine arme Rosette! Bitte geh nicht zu diesem Fest. Sag einfach, du seist krank."

„Nein", sprach Rosette: „Dies würde meiner guten Patentante missfallen. Ich bin mir nämlich ganz sicher, dass sie alles getan hat, was für mich am besten ist. Denn du weißt ja, dass sie viel klüger ist als ich. Also werde ich zum Fest gehen und das tragen, was meine Patentante für mich vorbereitet hat."

Damit war das Thema für Rosette beendet. Sie dachte nicht mehr an ihre Kleidung und ging friedlich zu Bett. Kaum hatte sie sich am nächsten Morgen angezogen und ihr

Haar geordnet, fuhr schon die Kutsche der Fee vor. Rosette umarmte ihre Amme, nahm ihre kleine Truhe und reiste voll freudiger Erwartung ab.

Rosette am Hofe des Königs

Nach nur zwei Stunden erreichte sie bereits die Hauptstadt des Königs, die gerade einmal zehn Meilen von der Farm entfernt lag. Doch wie erstaunte Rosette, statt in einem prächtigen Schloss in einem kleinen, hässlichen Hof absteigen zu müssen, wo ein Diener auf sie wartete.

„Guten Tag, Prinzessin! Ich bin beauftragt, Sie in Ihre Kammer zu führen."

„Kann ich nicht zuerst die Königin, meine Mutter sehen?", fragte Rosette schüchtern.

„In zwei Stunden, Prinzessin, beim Festessen sehen Sie die Königin. In der Zwischenzeit können Sie sich schon einmal zurechtmachen."

Rosette folgte dem Diener, der sie durch einen endlos langen Korridor führte, der wiederum in ein schmales Treppenhaus mündete. Sie stiegen mehrere Stockwerke hinauf und erreichten schließlich einen weiteren niedrigen Korridor direkt unterm Dach, in dem die für die Prinzessin bestimmte Kammer lag. Die Königin hatte Rosette im schlechtesten Gebäude und einem der hässlichsten Räume des Schlosses untergebracht, in dem sonst nur das niedere Personal wohnte. Der kleine Diener stellte Rosettes bescheidene Truhe in eine Ecke und sprach mit dem Ausdruck größter Verlegenheit:

„Verzeihen Sie mir, meine Prinzessin, dass ich Sie in diese für Sie völlig unwürdige Kammer führen musste. Leider hatte die Königin alle anderen Räume bereits an ihre Gäste, die Könige, Königinnen, Prinzen und Prinzessinnen vergeben. Es war kein Raum mehr frei und so musste ..."

„Gut, gut", antwortete Rosette lächelnd: „Dich trifft keine Schuld. Außerdem finden ich es sehr bequem hier."

„Danke, Prinzessin! Zu gegebener Stunde komme ich wieder vorbei, um Sie dem König und der Königin vorzustellen."

„Ich werde bereit sein. „Adieu, mein lieber Diener."

Rosette packte ihre Sachen aus. Ihr Herz schlug heftig, als sie tief seufzend ihr hässliches Kleid aus rauem Gewebe und die anderen Kleidungsstücke aus der Truhe nahm. Doch Rosette war sehr geschickt. Sie ordnete ihr wunderschönes blondes Haar höchst geschmackvoll mit der billigen Hühnerfeder und dem Haarband aus Kletten. Und trotz der Einfachheit ihres Kopfschmucks sah sie einfach bezaubernd aus. Als sie jedoch ihre Schuhe und ihre Strümpfe und ihr Kleid angezogen hatte, wie groß war da ihr Erstaunen, als sie sah, dass es sich wie von Geisterhand plötzlich in feinsten Goldbrokat bestickt mit den kostbarsten Rubinen verwandelt hatte. Anstatt ihrer rauen Filzpantoffeln trug sie nunmehr zarte Schuhe aus weißem Satin mit wundersam glänzenden Schnallen aus rotem Rubin. Ihre eleganten Strümpfe waren aus Seide und fein wie Spinnweben. Ihren weißen Hals zierte eine Kette aus strahlenden Diamanten und Rubinen. Und ihre Diamantarmbänder waren wohl die prächtigsten, die man je gesehen hatte. Baff vor Staunen eilte Rosette zum Spiegel und sah, dass sich die Hühnerfeder in eine prächtige goldene Brosche verwandelt hatte und ihr billiger Ohrschmuck in Karfunkeln von solch außergewöhnlicher Schönheit und Brillanz, dass sie einer Fee würdig gewesen wären.

Fröhlich jubilierend tanzte Rosette durch den kleinen Raum und dankte ihrer guten Patentante, die ihr Vertrauen auf eine so harte Probe gestellt, aber auch so großartig belohnt hatte, tausend Mal für die wunderschönen Sachen. Kurz darauf klopfte auch schon der Diener an der Tür und war augenblicks überwältigt von der strahlenden Schönheit Rosettes und der unbeschreiblichen Pracht ihrer Ausstattung. Rosette folgte ihm bescheiden. Sie stiegen die endlosen Treppen hinab, gingen zahllose Korridore entlang, durchquerten viele Räume und betraten schließlich eine Reihe prächtiger Salons, angefüllt mit Königen, Königinnen, Prinzen und Prinzessinnen. Jeder, der Rosette erblickte, blieb augenblicks wie versteinert stehen, um sie nur voller Bewunderung anzustarren. Die bescheidene Prinzessin schämte sich sehr dafür und getraute sich kaum ihre Augen zu heben. Endlich blieb der Diener stehen und sprach zu Rosette:

„Sehen Sie, Prinzessin. Hier sind die Königin, Ihre Frau Mutter und der König, Ihr Vater!“

Rosette hob die Augen und erblickte zum ersten Mal in ihrem Leben ihre Eltern, die ihre Tochter mit einer komischen Verwunderung betrachteten.

„Gnädiges Fräulein“, sprach der König endlich zu ihr: „Seien Sie bitte so gnädig, mir ihren werten Namen mitzuteilen. Ohne Zweifel sind sie irgendeine große Königin oder noch bedeutender eine mächtige Fee, deren unerwartete Anwesenheit eine große Ehre und ein rechtes Vergnügen für uns sein wird!“

„Majestät“, antwortete Rosette mit einer anmutigen Verbeugung: „Weder bin ich eine große Königin noch eine mächtige Fee, sondern nur Ihre kleine Tochter Rosette, die Sie freundlicher Weise zu sich kommen ließen.“

„Rosette?“, schrie die Königin viel zu laut in den Saal hinein: „Rosette prächtiger gekleidet, als ich es je gewesen bin? Wie kann das sein, he? Wer, Fräuleinchen, hat dir all diese wunderschönen Dinge gegeben?“

„Meine Patentante, Frau Königin. Erlauben Sie mir bitte nun gnädiger Weise, Ihre Hand zu küssen und mich darauf zu meinen Schwestern zu begeben.“

Die Königin reichte ihr kühl die Hand, wies mit dem Finger schroff auf Orangine und Roussette, und antwortete mit harter Stimme:

„Da! Das da sind deine Schwestern!“

Die arme Rosette, tief erschrocken und betrübt von dem kalten Empfang ihres Vaters und ihrer Mutter, drehte sich nun freundlich zu Orangine und Roussette um, in der Hoffnung wenigstens sie herzlich umarmen zu können. Doch die sprangen nur voller Entsetzen zurück. Ihr einziger Gedanke war, dass ihre Schminke verwischen und derart ihre hässlichen Sommersprossen zum Vorschein kommen könnten.

Doch als wollte ein gütiges Schicksal Rosette für diese schroffe Zurückweisung entschädigen, scharten sich augenblicks bereits sämtliche geladenen Könige und Königinnen, Prinzen und Prinzessinnen um die anmutige Prinzessin. Jeder rang um die Ehre, als erster mit ihr sprechen zu dürfen. Rosette unterhielt sich mit natürlicher Anmut und Liebenswürdigkeit, sprach fließend in mehreren Sprachen und bezauberte derart alle Anwesenden. Einzig Orangine und Rousette wurden trotz ihrer weißen Schminke gelb vor Neid. Und auch der König und die Königin kochten vor Wut, als sie sahen, dass ihre ungeliebte Tochter sämtliche Aufmerksamkeit auf sich zog. Niemand mehr schenkte den Zwillingsschwestern irgendwelche Beachtung. Dem nicht genug, setzte sich auch noch der junge Prinz Charmant, Herrscher über das großartigste und schönste Königreich auf Erden, direkt neben Rosette an die Tafel und wandte während des Essens keinen Blick mehr von ihr. Orangine wurde wechselweise blass und rot, stieß vor lauter Wut ihren Suppenteller vom Tisch und raufte sich die Haare, hatte sie doch insgeheim gehofft, selbst den Prinzen Charmant bezaubern und heiraten zu können.

Um nun die Aufmerksamkeit gewaltsam auf sich zu lenken, sangen Orangine und Rousette nach dem Essen laut ein Duett. Ihr Gesang war tatsächlich schön und ihr Harfenspiel bewundernswert, so dass Rosette entzückt applaudierte und ihren Schwestern große Komplimente machte. Orangine, die Rosette jedoch nur einen bösen Streich spielen wollte, forderte sie auf, nun ihrerseits ein Lied vorzutragen. Einige Zeit weigerte sich Rosette bescheiden. Doch ihre Schwestern, die insgeheim hofften, dass sie nicht singen könne, bestanden nur umso hartnäckiger auf ihrer Forderung. Endlich kam ihnen ihre Mutter zu Hilfe, um die arme Rosette vor allen Anwesenden zu erniedrigen:

„Rosette, willst du wirklich so unhöflich sein, unseren teuren Gästen deinen zweifelsohne entzückenden Gesang vorzuenthalten? Marsch, geh nach vorn! Hiermit befehle ich dir zu singen!"

Rosette machte einen höflichen Knicks vor der Königin, schritt gesenkten Hauptes in die Mitte des Saales, setzte sich an die Harfe und begann mit ihrem Vorspiel. Schon die entzückende Anmut ihrer ersten Takte setzte die Schwestern in Erstaunen und sie mussten sich eingestehen, dass Rosettes Talent viel größer war als ihr eigenes. Um noch Schlimmeres zu verhindern, versuchten Orangine und Rousette ihre Darbietung gleich wieder zu beenden. Doch da hatte Rosette schon mit einer wunderschönen, geradezu engelsgleichen Stimme eine Romanze zu singen begonnen, von ihr selbst komponiert auf das Glück gut zu sein und geliebt zu werden. Augenblicks toste ein Sturm der Bewunderung durch den Saal und ließ die Versuche der Schwestern im Meer der Bravorufe kläglich untergehen. Und nach nur wenigen weiteren Takten sprengte die Begeisterung alle Grenzen. Orangine und Rousette wurden fast ohnmächtig vor Wut und Eifersucht. Prinz Charmant jedoch war hin und her gerissen vor Bewunderung und näherte sich Rosette mit Tränen der Rührung in den Augen:

„Entzückende, wunderschöne Prinzessin, ach wie wunderbar! Niemals zuvor war es mir vergönnt, eine solch berührende Stimme zu vernehmen. Würdet Ihr mir das große Glück bescheren, noch einmal Eurer engelsgleichen Stimme lauschen zu dürfen?"

Rosette, welcher der Neid ihrer Schwestern schmerzlich bewusst war, entschuldigte sich höflich, sie sei müde. Doch der Prinz, der einen scharfsinnigen Verstand besaß, erriet den wahren Grund ihrer Weigerung und bewunderte Rosette nur noch mehr für ihr Feingefühl. Die Königin hingegen war dermaßen irritiert von Rosettes gewaltigem Erfolg, dass sie trotz der noch frühen Stunde augenblicks die Feier für beendet erklärte und wutschnaubend aus dem Saale stob.

Rosette kehrte bescheiden in ihre kleine Kammer zurück, zog sich aus und legte die Sachen zurück in ihre kleine Truhe. Doch wie erschrak sie, als sich die prächtigen Stoffe unversehens wieder in das grobe Tuch, die hässlichen Baumwollstrümpfe, die Filzpantoffeln, die Hühnerfeder, die Kette aus Nüssen, das Haarband aus Kletten und die Armbänder aus getrockneten Bohnen verwandelten. Der Gedanke an ihre gute Patentante vertrieb jedoch schnell Rosettes Sorgen. Ganz bestimmt würde die ihr im rechten Augenblick schon wieder zu Hilfe kommen. Nur als sie dann an die Kälte der Eltern und den Neid ihrer Schwestern dachte, war Rosette tatsächlich betrübt. Doch auch diese schmerzhafte Stimmung verflog wie ein Sommerwölkchen, als das Bild des liebenswürdigen Prinzen Charmant vor ihrem geistigen Auge auftauchte. Und mit diesem schönen Gedanken schlief Rosette friedlich ein.

Familienrat

Während Rosette bereits in den vergnüglichsten Träumen vor sich hin schlummerte, erstickten der König, die Königin, Orangine und Roussette noch immer vor Wut. Sie hatten sich in den Gemächern der Königin zum Familienrat versammelt.

„Das ist gar zu schändlich, Vater“, schimpften die Prinzessinnen erbost: „Warum nur hast du Rosette kommen lassen? Keiner von uns besitzt solch aufsehenerregende Edelsteine, um sich von all diesen dummen Königen und Prinzen bewundern zu lassen. Wolltest du uns erniedrigen, dass du Rosette geradezu zu diesem Fest an unseren Hofe riefst?“

„Ich schwöre euch, meine schönen Lieblinge“, sagte der König, „dass es auf Befehl der Fee Puissante geschah, die mich in der Tat gezwungen hatte, die Einladung für Rosette zu schreiben. Außerdem wusste ich nicht, dass sie so wunderschön ist und dass ...“

„Was, so wunderschön?“, unterbrachen die Prinzessinnen kreischend ihren Vater: „Wieso sagst du denn so was. Das ist ja zum Lachen. Was findest du an Rosette denn so wunderschön? Tatsächlich ist sie absolut hässlich und grob wie ein Bauerntölpel. Allein ihre prächtige Kleidung und ihr kostbarer Schmuck haben sie bei den Gästen so bewunderungswürdig gemacht. Warum nur hast du uns nicht die vorzüglichsten Edelsteine und die prächtigsten Kleider gegeben? Im Vergleich zu dieser hochmütigen Prinzessin haben wir das Aussehen erbärmlicher Schlampen!"

„Und wo, meine Lieben, hätte ich denn solch vorzügliche Edelsteine herbekommen sollen, he? Ich selbst besitze nicht einen Stein, der mit ihren Edelsteinen vergleichbar wäre. Es ist Rosettes verdammte Patentante, die Fee Puissante, die ihr diesen Schmuck gegeben hat."

„Puissante? Und warum hast du uns nicht eine solche Fee als Patentante gegeben? Für Rosette hätte es auch eine Bäuerin oder ein Schwein getan."

„Es war nicht euer Vater, der sie als Patentante rief", schrie die Königin voller Wut: „Die dämliche Fee Puissante erschien, ohne dass wir sie gerufen hatten. Und dem nicht genug, besaß sie auch noch die Frechheit ... „

„Schweig, Frau!", unterbrach sie energisch der König: „Wir sollten die kostbare Zeit nicht mit Diskutieren und Streiten vergeuden. Lasst uns vielmehr überlegen, wie wir Rosette schnellstmöglich wieder loswerden und den Prinzen Charmant davon abhalten können, sie jemals wiederzusehen!"

„Nichts leichter als das", antwortete die Königin hämisch: „Morgen werde ich Rosette ihrer kostbaren Edelsteine und Kleider berauben. Und dann lasse ich das aufdringliche Biest von meinen Dienern ergreifen und auf die Farm zurück bringen - also da, wo sie hingehört. Niemals mehr soll sie ihren Stall verlassen!“

Kaum hatte die Königin diese hässlichen Worte ausgesprochen, als die Fee Puissante wütend und mit drohenden Miene in das Zimmer stürmte:

„Wehe, wenn du es wagst, Rosette anzurühren“, rief Puissante mit donnernder Stimme: „Wenn du sie aus dem Palast entfernst und sie nicht an den Festlichkeiten teilnehmen lässt, sollst du die schrecklichen Folgen meines Zorns am eigenen Leibe spüren! Dich, unwürdiger König und dich, herzlose Königin, werde ich in hässliche Kröten verwandeln und eure widerwärtigen Töchter in garstige Vipern. Wagt es bloß nicht, meine liebe Rosette anzurühren!“

Mit diesen Worten verschwand die Fee und ließ König, Königin und die Prinzessinnen starr vor Entsetzen zurück. Ohne auch nur ein Wort zu sagen, ging die Verschwörer wie begossene Pudel auseinander. Aber ihre Herzen waren erfüllt mit unbändiger Wut und schlimmsten Rachegelüsten. Und so kamen die Prinzessinnen auch kaum zum Schlafen. Am nächsten Morgen waren ihre Augen schwer, ihre Gesichtszüge verzerrt durch all die bösen Leidenschaften. Vergeblich versuchten Orangine und Roussette ihre Hässlichkeit hinter Rouge und Puder zu verstecken. Und als ihnen dies nicht gelang, schlugen sie voller Wut ihre Mägde. Nicht mal eine Spur von Schönheit war ihnen mehr verblieben. Dem König und der Königin ging es kaum besser. Unentwegt sannen sie auf Rache und fühlten sich doch zugleich völlig ohnmächtig gegenüber der Fee Puissante.

Der zweite Tag des Festes

Am Morgen brachte ein grober Diener Rosette Brot und Milch in ihre Kammer und bot ihr an sie anzukleiden. Rosette, die nicht wollte, dass der ungehobelte Hausangestellte die peinliche Verwandlung ihrer vordem so kostbaren Kleidung bemerkte, dankte ihm lächelnd und antwortete, dass sie es gewohnt sei, sich selbst zurechtzumachen. Wie am ersten Tag zog sie ihre schäbigen Kleidung an, schmückte sich mit der Hühnerfeder, dem Haarband aus Kletten, der Nusskette und ihren Armbändern aus Bohnen in der Hoffnung, dass ihre gute Patentante ihr auch diesmal wieder zu Hilfe kommen würde. Doch als sie dann vor dem Spiegel ihr eigenes Spiegelbild erblickte, war sie völlig überrascht. Tatsächlich trug sie die wohl prächtigste und wunderbarste Reitkleidung aus himmelblauem Samt und kostbarsten Perlen, die man sich nur vorstellen konnte. In dem Moment, als Rosette ihre Kammer verlassen wollte, um ihrem kleinen Diener zu folgen, flüsterte eine liebliche Stimme ihr leis ins Ohr:

„Rosette, besteig kein anderes Pferd als jenes, das der Prinz Charmant dir bringen wird.“

Sie drehte sich um, sah niemanden, war sich jedoch sicher, dass dieser Rat von der guten Fee Puissante kam.

„Danke, liebe Patentante“, antwortete Rosette mit leiser Stimme. Sie fühlte einen sanften Kuss auf ihrer Wange und lächelte voller Glück und Dankbarkeit.

Wie zuvor führte der Diener sie in den königlichen Salon, wo ihr Erscheinen eine noch größere Wirkung hervorrief als am Vortag. Rosettes feinsinnige, entzückende Haltung, ihre strahlende Gestalt, ihre großartige Kleidung, zog alle Blicke auf sich und eroberte erneut die Herzen der Anwesenden. Prinz Charmant, der sie bereits sehnsüchtig erwartet hatte, bot ihr seinen Arm und führte sie vor den König und die Königin, die ihre Tochter mit noch größerer Kälte empfingen als am Vortag. Orangine und Roussette hingegen explodierten fast vor Gehässigkeit beim Anblick der strahlenden Erscheinung ihrer Schwester und grüßten sie nicht einmal. Die junge Prinzessin war sehr verlegen, ob dieses kalten Empfangs, aber der Prinz Charmant näherte sich ihr taktvoll und fragte Sie, ob er ihr Begleiter während der Jagd im Wald sein dürfe.

„Es wird mir eine große Ehre sein“, antwortete Rosette tief errötend. Sie wusste kaum, wie sie ihre große Freunde verbergen sollte.

„Liebenswürdige Prinzessin, fast scheint es mir, als wäre ich Ihr Bruder. So groß ist die Zuneigung, die ich Ihnen gegenüber empfinde. Erlauben Sie mir, immer an Ihrer Seite zu bleiben, um Sie gegen alle Feinde verteidigen zu können.“

„Was kann es Schöneres für mich geben, als durch einen König beschützt zu werden, der genauso achtbar ist, wie sein Name, den er trägt."

Prinz Charmant war verzaubert von dieser fein gesetzten wie wohlwollenden Antwort. Und ungeachtet der Bosheit Orangines und Roussettes, die auf jede erdenkliche Weise versuchten den Prinzen an sich zu ziehen, wich Charmant keinen Moment von Rosettes Seite. Nach dem Frühstück gingen beide auf den Schlosshof, um dort die Pferde für den Ausritt in Empfang zu nehmen. Ein Diener brachte ein prächtiges schwarzes Pferd für die Prinzessin, das so wild und bösartig war, das es kaum von vier Stallknechten gehalten werden konnte.

„Verehrte Rosette, Ihr müsst dieses Pferd nicht reiten", sagte der Prinz Charmant besorgt: „Es wird Euch abwerfen und töten! Diener, bring sofort ein anderes Pferd für die Prinzessin!"

„Aber wie könnte ich? Der König und die Königin haben doch befohlen, dass die Prinzessin nur dieses und kein anderes Pferd reiten soll", antwortete der Diener ängstlich.

„Dann liebe Prinzessin, geduldet Euch einen Moment. Ich selbst werde Euch ein Pferd bringen, das Eurer würdig ist. Bis dahin bitte ich Euch eindringlich, auf keinen Fall dieses gefährliche Tier zu besteigen."

„Vielen Dank, lieber Prinz! Ich freu mich auf Eure Rückkehr", antwortete Rosette mit einem anmutigen Lächeln.

Es dauerte gar nicht lange, da kam der Prinz bereits mit einem großartigen schwarz-weißen Pferd zurück. Sein Sattel war aus blauem Samt, bestickt mit Perlen, das Zaumzeug geflochten aus reinsten Goldfäden und verziert mit erlesensten

Perlen. Als Rosette das Pferd besteigen wollte, kniete es nieder und erhob sich dann sanft mit seiner schönen Reiterin. Prinz Charmant sprang darauf leichtfüßig auf sein stolzes Ross Alezan und begab sich an Rosettes Seite. Der König, die Königin und die Prinzessinnen, die mit angesehen hatten, wie ihr böser Plan gerade gescheitert war, wurden blass vor Wut. Doch aus Furcht vor der Fee Puissante wagten sie nichts zu sagen. Der König gab das Signal zum Aufbruch. Jede Dame wurde von ihrem Verehrer begleitet, so auch Orangine und Roussette. Doch bei ihren Begleitern handelte es sich nur um zwei völlig unbedeutende Prinzen eines winzigen Königreichs, die sich nicht einmal annähernd mit dem stattlichen Prinzen Charmant hätten messen können. Als die jedoch Orangine und Roussette so mürrisch und bösartig erlebten, schworen sie sich gegenseitig, niemals diese völlig uninteressanten und äußerst abstoßenden Prinzessinnen zu heiraten.

Anstatt der Jagd zu folgen, durchritten Prinz Charmant und Prinzessin Rosette fröhlich die wunderschönsten Wege des schattigen Waldes und erzählten sich gar manche Episode aus ihrem bisherigen Leben.

„Aber“, sagte Charmant, „wenn der König, dein Vater, dir nicht erlaubt hatte, in seinem Palast zu wohnen, wieso hat er dir dann all die wunderschönen Edelsteine geschenkt, die selbst einer Fee alle Ehre gemacht hätten?“

„Es ist meine gute Patentante, der ich sie verdanke“, antwortete Rosette. Und dann berichtete sie dem Prinzen, wie sie auf einer Farm aufgewachsen sei und dass sie alles, was sie wusste, konnte und schätzte, allein der guten Fee Puissante verdanke, die ihr jeden Wunsch von der Seele abgelesen hätte. Charmant lauschte voller Anteilnahme und mit stetig wachsendem Interesse. Und nun war es an ihm, der völlig überraschten Rosette zu erzählen, wie er im Alter von sieben Jahren seine Eltern verloren und die Fee Puissante darauf auch seine Erziehung übernommen habe, ja und dass er allein wegen der Fee zum Fest des Königs gekommen sei. Puissante hätte ihm nichts geringeres angekündigt, als dass er dort die Frau seines Lebens finden würde:

„Kurz und gut, mein liebe Rosette. Ich bin mir sicher, in dir das liebenswürdige und perfekte Wesen gefunden zu haben, das mir die Fee vorhergesagt hatte. Befrage dein Herz, ob du bereit bist, Dein Leben mit dem meinen zu verbinden. Und wenn ja, erlaube mir, noch heute bei deinen Eltern um deine Hand anzuhalten."

„Lieber Prinz, fast scheint es mir, als ob Du in den Tiefen meiner Seele zu lesen vermöchtest. Sei Dir schon jetzt gewiss, dass Du mich damit zum glücklichsten Menschen der Welt machen würdest. Doch bevor ich Dir offiziell mein Jawort gebe, muss ich erst meine Patentante um Erlaubnis fragen."

Mit dieser schönen Aussicht ging der Morgen für Rosette und Charmant auf angenehmste Weise vorüber und überglücklich kehrten sie zum Palast zurück. Rosette betrat ihre armselige Kammer, um sich für das Mittagessen umzuziehen. Doch kaum hatte sie ihre kostbare Kleidung aufs Bett gelegt, verschwand diese vor ihren Augen. Und stattdessen lagen ihre schäbigen Sachen von der Farm wieder in ihrer kleinen Holztruhe. Rosette kleidete sich mit der üblichen Gründlichkeit an, ordnete ihr Haar und lief neugierig zum Spiegel. Sie konnte einen Aufschrei der Überraschung kaum unterdrücken. Ihr Kleid war ganz aus Seide, so strahlend, fein und leicht, als wäre es aus Schmetterlingsflügeln gewebt, und übersät mit funkelnden Diamanten, als hätte man den leuchtenden Sternenhimmel auf die Erde herab geholt. Rosette dankte ihrer guten Patentante voll tiefer Freude und spürte wie schon am Morgen erneut einen zarten Kuss auf ihrer Wange.

Sie folgte dem kleinen Diener und betrat den königlichen Salon. Prinz Charmant erwartete sie bereits an der Tür, bot ihr seinen Arm und führte sie zu den Plätzen des Königs und der Königin. Voller Empörung nahm Charmant die Blicke der Wut und Eifersucht wahr, die der König, die Königin und die Prinzessinnen hemmungslos auf die arme Rosette warfen. Umso mehr blieb er schützend an ihrer Seite, wie er es ihr am Morgen versprochen hatte, und wurde derart auch Zeuge der Bewunderung, die sie wieder aller Orte erregte. Rosette war sehr traurig, sich selbst als den Gegenstand des Hasses ihrer Eltern und Schwestern erleben zu müssen. Prinz Charmant nahm ihre Traurigkeit wahr:

„Wenn Du einst meine Frau sein wirst, meine liebe Rosette, wird jedermann in meinem Königreich dich achten und lieben, und ich dich noch viel mehr als alle anderen zusammen. Das verspreche ich dir."

Während des nun folgenden Essens nahm Charmant wieder an Rosettes Seite Platz und beide unterhielten sich auf höchst angenehme Weise. Als der König kurz darauf den Ball eröffnete, nutzten Orangine und Roussette erneut die Chance, Rosette zu demütigen. Die Prinzessinnen hatten zehn Jahre lang Tanzunterricht genommen und tanzten wirklich gut, doch ohne besondere Anmut. In dem Glauben, Rosette hätte auf der Farm niemals irgendeine Gelegenheit zum Tanzen gehabt, kündigten sie den Gästen mit spöttisch boshafter Miene nunmehr ihre kleinen Schwester an.

Die bescheidene Rosette lehnte ab, weil es ihr widerstrebte, die Blicke der Öffentlichkeit auf sich zu ziehen. Doch je mehr sie sich weigerte, desto stärker beharrten ihre neidischen Schwestern auf Rosettes Darbietung, in der Hoffnung, sie nun endlich vor den Anwesenden zu vernichten. Wieder mischte sich die Königin ein und befahl Rosette hämisch augenblicks zu tanzen. Charmant, der ihre Verlegenheit bemerkte, flüsterte mit leiser Stimme:

„Keine Sorge, meine liebe Rosette. Ich werde dein Partner sein. Solltest du einen Schritt nicht wissen, lass mich ihn für dich ausführen."

„Mein lieber Prinz, ich danke Dir für Deine Großherzigkeit. Doch hoffe ich, Dir keine Gelegenheit geben zu müssen, Dich meiner zu schämen."

Und damit begannen Rosette und Charmant einen Tanz, wie er anmutiger, fröhlicher und beseelter wohl nie gesehen ward. Alle Anwesenden verfolgten ihn mit stetig wachsender Bewunderung. Orangine und Roussette platzten fast vor Neid und konnten nur schwerlich ihre unbeschreibliche Wut verbergen. Und es dauert nicht lange, da erhoben sie sich schon in der Absicht, sich auf die junge Prinzessin zu werfen, um sie zu erwürgen und ihr die Diamanten vom Leib zu reißen. Die Königin, die all dies beobachtet hatte, konnte gerade noch im letzten Moment das unselige Vorhaben ihrer bösartigen Töchter verhindern und flüsterte:

„Meine süßen Lieblinge, denkt an die Drohungen der verdammten Fee Puissante! Doch versprech ich euch, morgen wird Rosettes letzter Tag auf Erden sein!"

Als der Tanz zu Ende war, brauste stürmischster Beifall durch den Saal und alle baten Charmant und Rosette flehentlich, doch noch einmal zu tanzen. Der Prinz und die Prinzessin, die nicht ungefällig erscheinen wollten, gaben der Bitte nach und begannen einen Tanz, noch viel entzückender als der erste. Damit war es um Orangine und Roussette geschehen. Augenblicks überwältigten sie ihre unheilvollen Gefühle derart heftig, dass beide vor lauter Wut die schlimmsten Erstickungsanfälle bekamen und kurz darauf ohnmächtig aus dem Saal getragen werden mussten. Ihr bösen Leidenschaften hatten die Schwestern dermaßen gezeichnet, dass sie ab diesem Zeitpunkt endgültig jede Spur von Schönheit und Liebenswürdigkeit verloren hatten und niemand mehr ihnen auch nur die geringsten Sympathien entgegenbrachte. Der Beifall und die Begeisterung für Rosette und Charmant kannte nunmehr keine Grenzen, so dass die beiden in den Garten flohen. Den Rest des Abends wandelten sie selig Seite an Seite und unterhielten sich über ihre glückliche Zukunft. Die Diamanten an Rosettes Kleidung funkelten dabei mit solchem Glanze in der Nacht, dass ihre stillen Wege wie von tausenden Sternen erleuchtet schienen. Schließlich kam die Zeit, da sie sich trennen mussten.

„Morgen!", sagte Rosette mit klopfendem Herzen: „Morgen, mein lieber Charmant, hoffe ich zu sagen, dein auf ewig!"

Rosette betrat ihren kleinen Raum, zog sich aus und legte ihre Kleidung wie schon am Tag zuvor in ihre kleine Holztruhe. Als Rosette nach dem langen Tag endlich in ihrem weichen Bett ruhte, flüsterte sie mit leiser Stimme in den dunklen Raum:

Den Rest des Abends wandelten sie selig Seite an Seite.

„Meine liebe Patentante! Morgen soll ich Prinz Charmant eine endgültige Antwort geben. Bitte sag mir, was ich ihm antworten soll. Ich werde dir gehorchen, egal wie schmerzhaft auch deine Entscheidung sein wird."

„Sag ja zu Prinz Charmant, meine liebe Rosette", antwortete die Fee: „Ich selbst habe diese Hochzeit arrangiert. Nur um dich mit dem Prinzen Charmant bekannt zu machen, zwang ich deinen Vater, dich zu dem Fest einzuladen."

Rosette dankte der guten Fee Puissante und schlief friedlich ein.

Dritter und letzter Tag des Festes

Während Rosette bereits selig vor sich hin träumte, stritten der König, die Königin, Orangine und Roussette noch immer wütend miteinander. Jeder beschuldigte den anderen aufs Gröbste, ihn um den Triumph von Rosettes Erniedrigung und Vernichtung gebracht zu haben. Nur eine letzte Hoffnung verblieb ihnen noch. Für den nächsten Morgen war ein Wagenrennen angesetzt. Jede Kutsche sollte von zwei Pferden gezogen und von einer Dame gelenkt werden. Und so beschlossen sie, Rosette einen besonders hohen Wagen zu geben, der von zwei wilden, ungezähmten Pferden gezogen werden sollte, um sie auf diese Weise zu Tode zu stürzen.

„Diesmal wird Prinz Charmant dieser widerwärtigen Rosette nicht zu Hilfe kommen können“, sagte die Königin hämisch: „Es ist zwar leicht, ein neues Pferd und einen neuen Sattel aufzutreiben. Aber einen neuen Wagen samt Pferden für das Rennen zu finden, ist unmöglich!“

Der tröstende Gedanke, dass Rosette am nächsten Tag nun endlich ihren Tod finden oder zumindest schwer verwundet und entstellt werden würde, beruhigte die vier boshaften Kreaturen auf magische Weise. Und so zogen sie sich, mit sich und der Welt zufrieden, in ihre Gemächer zurück und grübelten für alle Fälle dennoch schon einmal über das nächste Mittel, falls der Mordanschlag wider Erwarten fehlschlagen sollte. Dadurch schliefen Orangine und Roussette kaum, so dass sie am nächsten Morgen noch hässlicher aussahen, als sie ohnehin schon waren.

Rosette, die ein ruhiges Gewissen und ein unschuldiges Herz besaß, schlief hingegen die ganze Nacht tief und friedlich und erwachte erst spät am Morgen. Auf Befehl der Königin brachte das Küchenmädchen ihr ein Glas Wasser und ein Stückchen Brot, da Rosette nur wie eine niedere Dienerin behandelt werden sollte. Die Prinzessin war jedoch leicht zufriedenzustellen und verspeiste ihr karges Brot und das Wasser mit großem Appetit. Dann legte sie wieder ihre grobe Kleidung und ihren rohen Schmuck an und betrachte sich darauf im Spiegel. Auch diesmal war ihre Überraschung groß. Ihre armselige Kleidung hatten sich unversehens in einen wunderschönen Reitanzug aus strohfarbener Seide verwandelt, übersät mit prächtigsten Smaragden. Rosette hörte ihren Diener an der Tür und folgte ihm. Beim Betreten des Salons empfing sie Prinz Charmant voller Ungeduld und fragte:

„Geliebte Prinzessin, was sagte diese Nacht die Fee zu dir? Welche Antwort gibst du mir?"

„Die, welche mein Herz mir vorgibt, mein lieber Prinz. Ich verbinde mein Leben mit dem deinen, wie du das deine mit meinem."

„Danke! Tausendfachen Dank, meine liebe, bezaubernde Rosette. Wann darf ich beim König um deine Hand anhalten?“

„Nach dem Wagenrennen, mein Prinz.“

„Dann erlaube mir, dass wir noch heute heiraten. Denn ich kann es kaum ertragen, dich noch länger der Tyrannei deiner Familie ausgeliefert zu sehen. Noch diesen Tag möchte ich dich in mein Königreich führen.“

Rosette zögerte einen Moment. Doch dann vernahm sie die sanfte Stimme der Fee: „Sag ja, mein Liebling.“ Und dem Prinzen Charmant flüsterte Puissante ins Ohr: „Dränge auf die Hochzeit, Prinz und sprich unverzüglich mit dem König. Rosettes Leben ist in allerhöchster Gefahr! Heute nach Sonnenuntergang vermag ich acht Tage lang nicht, über euer teures Glück zu wachen!“

Charmant wiederholte mit zitternder Stimme die warnenden Worte der Fee Puissante. Doch Rosette drückte ihm nur beruhigend die Hand. Als sie darauf den König, die Königin und ihre Schwestern begrüßen wollte, drehten die sich weg, als sei sie Luft. Und die anwesenden Könige und Prinzen erschraken über alle Maßen ob der stetig zunehmenden Hässlichkeit Orangines und Roussettes, die sie sich nicht erklären konnten. Umso mehr drängten sich alle um die arme Rosette, da jeder von ihnen sich nämlich vorgenommen hatte, heute um ihre Hand anzuhalten. Doch glücklicherweise wich Charmant keinen Moment von ihrer Seite und die Versuche der Könige und Prinzen blieben erfolglos. Nach dem Essen gingen die Anwesenden hinunter in den Schlosshof, die Damen, um ihre Kutschen und die Prinzen um ihre Pferde zu besteigen. Der von der Königin für Rosette bestimmte

Wagen wurde vorgeführt. Doch in dem Moment, da Rosette die Zügel in die Hand nehmen wollte, griff Charmant sanft ein und hob sie zurück auf den Boden:

„Nein, Prinzessin. Diesen Wagen wirst Du nicht betreten. Sieh nur diese wilden, ungezähmten Pferde."

Tatsächlich bedurfte es zweimal vier Männer, um jedes der störrischen Pferde in Zaum zu halten. Doch da rief schon ein hübscher kleiner Jockey in einer strohfarbenen Seidenweste mit heller Stimme:

„Platz da für die Equipage der Prinzessin Rosette!"

Schon fuhr eine wunderschöne kleine Kutsche vor, die von oben bis unten mit glitzernden Perlen bedeckt war. Gezogen wurde sie von zwei prächtigen Rossen mit Geschirr aus strohfarbenem Samt verziert mit großen Saphiren. Prinz Charmant wusste nicht, ob er Rosette erlauben sollte, diesen unbekannten Wagen zu besteigen. Denn er vermutete schon wieder eine neue List des Königs und der Königin. Aber da hörte er die beruhigende Stimme der guten Fee in seinem Ohr:

„Keine Sorge! Der Wagen und die Pferde sind ein Geschenk von mir. Doch folge Rosette, wohin die Fahrt auch immer geht. Der Tag schreitet fort und mir bleiben nur noch wenige Stunden für ihren Schutz. Bevor die Sonne untergeht, muss Rosette sicher in deinem Königreich sein."

Charmant half der Prinzessin auf den Wagen und sprang selbst auf sein Pferd. Rosette war gerade die ersten Meter gefahren, da näherten sich ihr bereits in rasendem Tempo zwei schwarze Kutschen, die von verschleierten Frauen gelenkt wurden. Die erste von ihnen schleuderte ihren schweren Wagen mit solcher Gewalt gegen Rosettes kleinen Equipage, dass Rosette augenblicks zerquetscht worden wäre. Doch da sie in einer Feenkutsche saß, zerschmetterte stattdessen die, wuchtige Kutsche wie an einem Felsen in tausend Stücke. Die verschleierte Frau wurde in die Luft geschleudert, blieb dann regungslos auf dem harten Steinboden liegen und Rosette erkannte erschrocken Orangine. Doch schon schleuderte die zweite Kutsche gegen Rosettes Wagen und erlitt das gleiche Schicksal. Die verschleierte Frau landete direkt neben Orangine und die Prinzessin erkannte nun auch verwundert Roussette. Schon wollte sie ihren Schwestern mitleidig zu Hilfe eilen, als der Prinz Charmant energisch eingriff:

„Höre, Rosette! Von der Fee Puissante hörte ich soeben, dass der König mit einer Schar bewaffneter Männer unterwegs sei, um dich zu töten. Drum lass uns augenblicks fliehen! Noch bevor die Sonne untergeht, müssen wir in meinem Königreich sein."

Charmant sprang neben die völlig aufgelöste Rosette in die kleine Kutsche. Die prächtigen Rosse setzten sich mit solch wundersamer Geschwindigkeit in Bewegung, dass sie mehr als zwanzig Meilen in der Stunde zurücklegten. Doch noch immer blieben die Männer des Königs ihnen auf den Fersen. Erst als der Prinz das Tempo auf hundert Meilen in der Stunde erhöhte, entkamen sie endlich ihren Verfolgern. Und nach nur sechs Stunden erreichten sie glücklich den Palast des Prinzen, der hell erleuchtet war. Der gesamte Hofstaat hatte sich vor dem Eingang eingefunden in Erwartung des glücklichen Paares. Charmant und Rosette waren überrascht, wussten sie doch nicht, wie sie sich diesen unerwarteten Empfang erklären sollten. Da aber kam ihnen bereits lächelnd die gute Fee Puissante entgegen:

„Herzlich willkommen in eurem Königreich, meine lieben Kinder. Alles ist für eure Hochzeit vorbereitet. Doch erlaube mir, liebe Rosette, deinen Prinz nur für ein paar Worte deiner angenehmen Gesellschaft zu berauben."

Und während ein Diener Rosette in ihr wunderschönes Gemach führte, begann die Fee augenblicks zu sprechen:

„Lieber Charmant. Leider muss ich dir nun von der Strafe berichten, die ich über Rosettes Eltern und ihre bösen Schwestern verhängt habe. Da die Prinzessin so unschuldig und gutherzig ist, darf sie nichts von alle dem erfahren. Denn ich bin sicher, dass dieses Wissen ihre Lebensfreude zerstören würde. Doch verstehe bitte auch, dass ich kein Mitleid mit diesen bösen Menschen haben darf, deren Herzen bis heute so grausam und reuelos sind. Orangine und Roussette wurden durch ihren Sturz auf den harten Stein derart verunstaltet, dass ihre Gesichter auch nach meiner Behandlung noch immer grauenerregend anzusehen sind. Auch habe ich sie all ihrer prächtigen Kleider beraubt und wie Bauernmädchen gekleidet. Und schließlich werde ich sie in Kürze mit zwei brutalen Stallknechten verheiraten, die sie so lange schlecht behandeln sollen, bis endlich Reue in ihre bösen Herzen eingekehrt ist. Doch dies wird, wie ich befürchte, niemals geschehen.

Den König und die Königin aber habe ich zur Strafe in Maultiere verwandelt und sie bösen, grausamen Besitzern übergeben, die sie für all ihre Bosheiten gegenüber Rosette tagtäglich büßen lassen werden. Darüber hinaus befinden sich Rosettes Eltern und Schwestern nunmehr in unmittelbarer Nähe deines Palastes, damit sie sich jeden Tag die Lobeshymnen auf die schöne Rosette und ihren prächtigen

Ehemann anhören müssen. Und nun lass uns deine liebe Braut aufsuchen."

Charmant dankte der Fee verwundert und versprach betroffen zu schweigen. Rosette empfing die beiden in dem wohl schönsten Hochzeitskleid, das die Welt je gesehen hatte. Es bestand aus einem hauchzarten Gewebe aus feinsten Gold- und Seidenfäden und leuchtete wie der junge Morgen. Auf das Kleid waren bunte Blumen und Vögel aus den allerschönsten Edelsteinen genäht, die bei jeder Bewegung Rosettes einen gar wundersamen Klang ertönen ließen. Auf ihrem Haupt trug sie eine Krone aus funkelnden Rubinen. Und Hals und Arme bedeckten strahlende Karfunkeln leuchtender als die Sonne. Charmant war völlig überwältigt von der Schönheit seiner jungen Braut, doch die Fee riss ihn jäh aus seiner Verzückung:

„Schnell, Kinder! Vorwärts! Mir bleibt nur noch eine halbe Stunde, bis ich zur Feenkönigin muss, um dort für acht Tage meine Zauberkraft abzugeben. Alle Feen sind diesem Gesetz unterworfen und nichts kann uns von ihm befreien."

Charmant reichte Rosette die Hand und die Fee schritt feierlich voraus. Die Hochzeitskapelle war mit tausenden Kerzen strahlendhell erleuchtet und andächtig empfingen der König Charmant und die Königin Rosette den Hochzeitssegen. Wie erstaunt war Rosette jedoch am nächsten Morgen, als sie die kleine Farm, auf der sie fünfzehn Jahre so glücklich gewesen war, mitsamt ihren Bewohnern nunmehr am Ende des Schlossparks wiederfand. Für dieses Hochzeitsgeschenk war Rosette der Fee ganz besonders dankbar und nie vergaß sie auch nur einen Tag, ihren Schritt zu diesem schönen Orte hinzulenken.

Mir bleibt nur noch eine halbe Stunde, bis ich zur Feenkönigin muss, um dort für acht Tage meine Zauberkraft abzugeben.

Rosette und Charmant waren sehr glücklich und liebten einander Tag für Tag immer mehr. Orangine und Roussette hingegen wurden, anstatt dass ihre Herzen erweichten, mit jedem Tag immer grausamer und bösartiger, so dass sie ein Leben lang hässliche, dumme Bauernmädchen bleiben mussten. Der König und die Königin jedoch fanden als Maultiere ihren einzigen Trost darin, jeden zu beißen und zu treten, der in ihre Nähe kam. Zu dem großen Fest, das zu Ehren von Rosettes und Charmants Hochzeit gegeben wurde, mussten sie das Gepäck ihrer Besitzer tragen. Und jedes Mal, wenn sie die Lobpreisungen hörten, mit denen das junge Paar unaufhörlich überschüttet wurde, oder aber wenn sie Rosette wunderschön, strahlend und innig geliebt von ihrem Charmant vorübergehen sahen, platzten sie fast vor Wut und scharrten mit den Hufen. Die allergrößte Strafe jedoch war, dass sie erst dann in ihre natürliche Form zurückkehren durften, wenn sich ihre kalte Wut in warmes Mitgefühl verwandelt haben würde. Doch da sie diese Verwandlung nicht einmal wollten, verfluchten sie jeden Tag, den sie als mit Lasten beladene dumme Maultiere durch die schöne Welt trotten mussten.

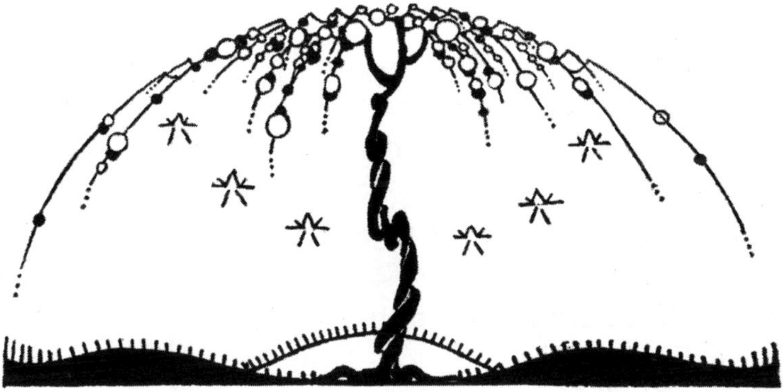

Die böse kleine Maus

Das geheimnisvolle Gartenhaus

Es war einmal ein Mann mit Namen Prudent. Der lebte mit seiner kleinen Tochter Rosalie allein in einem großen Haus. Seine arme Frau war wenige Tage nach der Geburt des kleinen Mädchens gestorben und so war das Leben der beiden recht einsam. Um das Haus herum erstreckte sich ein ausgedehnter Park mit uralten Bäumen, in welchem Rosalie, wann immer sie Lust dazu verspürte, spazieren ging. Hatte ihr Vater sie auch mit der allergrößten Zärtlichkeit und Sanftheit erzogen, so verlangte er doch zugleich aus den unerfindlichsten Gründen blinden Gehorsam. Rosalie durfte keine unnützen Fragen stellen. Und wollte sie irgendetwas wissen, was der Vater ihr nicht sagen wollte, schnitt er ihr jedes Mal barsch die

Rede ab. Ganz im Gegensatz zu seinen Verboten war Rosalie unglaublich neugierig. Ja, diese Neugier war derartig stark, dass man regelrecht bereits von einem Fehler sprechen konnte. Leider minderten die vielen Einschränkungen des Vaters und seine unaufhörliche Wachsamkeit nicht gerade ihre Neugier, sondern wirkten wie das Öl, welches man ins Feuer gießt.

Rosalie verließ niemals den großen Park, der von hohen Mauern umgeben war. Niemals sah sie irgendeinen anderen als ihren Vater, der sie in allen Dingen persönlich unterrichtete. Sie hatten keine Diener. Alle Arbeiten im Haus, Park und Garten schienen auf unerklärliche Weise wie von selbst getan zu werden. Rosalie besaß jederzeit, was sie brauchte, ob Kleidung, Bücher, Spielsachen oder sonstige Dinge zum Zeitvertreib. Da sie es aber niemals anders erlebt hatte, wunderte sie sich auch nicht über diese seltsame und sehr zurückgezogene Lebensweise. Und natürlich dachte Rosalie auch niemals daran, dass sie vielleicht auch völlig anders hätte leben können. So war sie, obwohl fast fünfzehn Jahre alt, noch immer völlig unschuldig und niemals sorgenvoll. Ihre Welt war nicht größer als ihr Haus, ihr Vater, der Park, der Blumengarten, ein Gewächshaus und ein merkwürdiges kleines Gartenhaus aus dunklem Sandstein ganz am Ende des Parks, das seltsamer Weise keine Fenster besaß und dessen Tür ständig verschlossen war. Rosalies Vater betrat dieses Haus nur allein und den Schlüssel trug er ständig bei sich. Ganz entgegen ihrer sonstigen Neugier interessierte sich Rosalie nicht für das kleine Gartenhaus, da sie glaubte, dass in ihm nur irgendwelche langweiligen Gartengeräte aufbewahrt würden.

Rosalie verließ niemals den großen Park, der von hohen Mauern umgeben war.

So sprach sie auch nie davon. Doch eines Tages, als Rosalie gerade eine Gießkanne für ihre Blumen suchte, sagte sie:

„Vater, gib mir doch bitte den Schlüssel zu dem kleinen Gartenhaus am Ende des Parks."

„Was willst du mit diesem Schlüssel, Rosalie?"

„Ich suche eine Gießkanne und denke, dass ich sie dort finden werde."

„Nein, Rosalie, dort findest du keine Gießkanne."

Die Stimme Prudents zitterte dermaßen bei diesen Worten, dass Rosalie überrascht aufschaute. Sein Gesicht war leichenblass und auf seiner Stirn standen dicke Schweißtropfen.

„Was ist los, Vater?", fragte sie beunruhigt.

„Nichts, Tochter, gar nichts."

„Hat dich meine Frage nach dem Schlüssel so heftig erschüttert, Vater? Was enthält denn dieses kleine Haus, das dich so erschreckt?"

„Rosalie, Rosalie! Du weißt nicht, was du redest! Geh und such im Gewächshaus nach deiner Gießkanne!"

„Aber Vater, was ist dort in dem kleinen Gartenhaus?"

„Nichts, was dich interessieren könnte, Rosalie!"

„Aber warum gehst du dann jeden Tag dorthin und warum darf ich dich nie begleiten?"

„Rosalie, du weißt ganz genau, dass ich es nicht mag, ausgefragt zu werden! Deine Neugier ist ein großer Fehler!"

Rosalie verstummte augenblicks, aber sie blieb nachdenklich. Und so geisterte seit diesem Gespräch das kleine Gartenhaus, an das sie nie zuvor gedacht hatte, nun ständig in ihrem Kopf herum.

„Was nur könnte in ihm versteckt sein?", fragte sie sich immer wieder aufs Neue. „Wie merkwürdig blass mein Vater wurde, als ich ihn nach dem Schlüssel fragte. Ich bin mir sicher, dass da irgendeine Gefahr in dem Häuschen lauert. Aber wenn ja, warum geht dann mein Vater jeden Tag dorthin? Zweifellos, um dort irgendwelche eingesperrten wilden Tiere zu füttern. Aber wenn dort wilde Tier leben, würden sie nicht heulen und toben? Würden nicht die Wände des kleinen Gartenhauses wackeln? Nein, niemals habe ich irgendein Geräusch in diesem Häuschen gehört. Dann kann es also kein Tier sein. Außerdem würde ein wildes Tier meinen Vater beißen oder gar verschlingen. Vielleicht ist es auch angekettet? Wenn es aber angekettet ist, würde keine Gefahr für mich bestehen und mein Vater könnte mich auch mitnehmen. Doch dies tut er nicht. Was also kann es dann sein? Vielleicht ein Gefangener? Mein Vater ist ein guter Mensch und würde niemals einen anderen unschuldig seiner Freiheit berauben ... Nun gut, mit Überlegungen komme ich nicht weiter. Also muss ich selbst vor Ort das Geheimnis lüften. Nur wie soll ich das bewerkstelligen? Wenn ich den Schlüssel auch nur für wenige Minuten heimlich an mich bringen könnte ...! Ja, das würd schon reichen. Vielleicht vergisst mein Vater den Schlüssel irgendwann im Haus?"

Kaum hatte sie dies gedacht, da riss Prudents unruhige Stimme Rosalie bereits jäh aus ihren Überlegungen:

„Rosalie, wo bist du?"

„Hier bin ich. Ich komme ja schon, Vater."

Sie betrat das Haus und schaute ihn an. Sein blasses, trauriges Gesicht verriet noch immer seine große innere Bewegung. Neugieriger denn je, beschloss sie Fröhlichkeit und Gleichgültigkeit vorzutäuschen, um ihn derart in Sicherheit zu wiegen. Auf diese Weise hoffte Rosalie vielleicht irgendwann in den Besitz des Schlüssels zu gelangen. Wenn ihr Vater dachte, dass sie den Schlüssel vergessen hätte, würde auch er irgendwann nicht mehr an ihn denken. So setzten sie sich an den Mittagstisch. Aber ihr Vater aß wenig, wirkte traurig und still, obgleich er krampfhaft versuchte fröhlich zu erscheinen. Rosalie gab sich umso heiterer und gedankenloser. Und tatsächlich schien ihr Vater allmählich seine gute Laune wiederzugewinnen. Auf alle Fälle versprach er Rosalie, sie zu ihrem in drei Wochen bevorstehenden fünfzehnten Geburtstag mit einem ganz besonderen Geschenk zu erfreuen. So gingen die Tage scheinbar unbeschwert und friedlich dahin. Doch genau fünfzehn Tage vor ihrem Geburtstag sprach Prudent morgens zu seiner Tochter:

„Mein liebes Kind! Leider muss ich dich für eine Stunde verlassen, um einige Dinge für deinen bevorstehenden Geburtstag zu erledigen. Bitte warte bis zu meiner Rückkehr im Haus auf mich und steigere dich ja nicht wieder in deine sinnlose Neugier! Schon in fünfzehn Tagen wirst du alles erfahren, was du wissen willst! Also bezähme bis dahin deine Neugier. Und sei dir immer gewiss, dass ich jeden deiner Gedanken zu lesen vermag. Deshalb auch weiß ich sehr genau, was deinen Geist seit fünf Tagen bereits beschäftigt. Adieu nun, meine Tochter. Und hüte dich vor deiner unseligen Neugier!"

Prudent umarmte Rosalie liebevoll. Sein sorgenvoller Blick zeigte nur zu deutlich, wie ungern er sie allein zurückließ. Kaum war er außer Sichtweite, rannte Rosalie bereits ahnungsvoll ins Zimmer ihres Vaters und wollte ihren Augen kaum trauen. Da lag der Schlüssel auf dem Tisch. Tatsächlich hatte er ihn vergessen. Mit zitternder Hand griff sie nach dem Schlüssel und rannte eilends zu dem kleinen Gartenhaus am Ende des Parks. Doch als sie so atemlos vor ihm stand, erinnerte sie sich urplötzlich der Worte ihres Vaters: „Hüte dich vor deiner unseligen Neugier!" Augenblicks raste aufgrund der verbotenen Tat ein grässlicher Kälteschauer über ihren Rücken. Und Rosalie wollte den Schlüssel bereits wieder ins Haus zurückzubringen, als sie ein leichtes Stöhnen vernahm. Neugierig legte sie ihr Ohr an die kalte Eisentür und hörte voller Staunen ein kleines Stimmchen singen:

„Als einsamer Gefangener schmacht ich hier,
keine Hoffnung auf Freiheit ist geblieben mir;
wann endlich wird enden meine Not,
und ich hier finden meinen stillen Tod."

„Oh weh! Ohne Zweifel stammt dieser Gesang von der unglücklichen Kreatur, die mein Vater in dem Gartenhaus gefangen hält."

Zitternd vor Neugier klopfte sie an die Tür und rief:

„Wer bist du, armes Wesen? Und was kann ich für dich tun?"

„Öffne die Tür, Rosalie! Schnell! Ach, ich flehe dich an, öffne die Tür!"

„Aber warum soll ich denn öffnen? Bist du nicht ein Gefangener? Und wenn ja, bestimmt hast du irgendein schlimmes Verbrechen begangen? Also kann ich dich nicht hinauslassen."

„Oh weh! Nein, doch nein, Rosalie. Ein böser Zauberer hält mich hier unschuldig gefangen. Rette mich vor ihm. Und ich verspreche dir zu verraten, wer ich wirklich bin."

Dies waren genau die Worte, die Rosalie hören musste, um aus ihrer zaghaften Neugier einen Sturm der Begierde zu entfachen. Ohne zu zögern steckte sie den Schlüssel in das Türschloss. Ihre Hand aber zitterte so sehr ob der frechen Tat, dass sie die Tür nicht zu öffnen vermochte. Wieder war sie kurz davor aufzugeben, als das kleine Stimmchen erneut ertönte:

„Rosalie, das, was ich dir mitzuteilen habe, wird dich brennend interessieren. Ich offenbare dir ein großes Geheimnis! Dein Vater ist nicht das, was er zu sein scheint!"

Bei diesen geheimnisvollen Worten war Rosalie nicht mehr zu halten. Der Schlüssel drehte sich wie von allein im Schloss und die Tür sprang krachend auf.

Die grauenhafte Fee Détestable

Rosalie schaute gespannt und auch ein wenig ängstlich in das kleine Gartenhaus. Es war stockdunkel darinnen und sie konnte nichts sehen. Aber sie hörte die kleine Stimme, die irgendwo vom Boden her zu kommen schien:

„Fffh, Danke, Rosalie, dir verdank ich meine Freiheit!"

Neugierig schaute sie nach unten und erblickte direkt vor sich zwei funkelnde kleine Augen, die sie heimtückisch anstarrten.

„Whrrr, ach wie vortrefflich, Rosalie! Mein schlauer Plan ist aufgegangen. Viele Jahre habe ich bereits auf dich gewartet, um dich mit deiner eigenen Neugier zu verführen. Hätte ich nicht gesungen und dich mit meinem Geheimnis gelockt, ganz sicher wärst du umgekehrt und ich für immer verloren. Doch nun bin ich frei und du und dein Vater sind in meiner Gewalt!"

Rosalie war verwirrt und ahnte nicht das Geringste von der Schwere des großen Unglücks, das sie durch ihre Neugier über sich und ihren Vater heraufbeschworen hatte. Doch war ihr nun bewusst, dass ihr Vater hier ganz offensichtlich einen gefährlichen Gegner gefangen hielt. Instinktiv versuchte sie die Tür zu schließen und davonzurennen.

„Halt, Rosalie! Dafür ist es zu spät! Nicht länger liegt es in deiner Macht, mich in diesem verhassten Kerker festzuhalten. Hättest du bis zu deinem fünfzehnten Geburtstag gewartet, niemals mehr hätte ich fliehen können. Doch nun bin ich frei!"

Als wäre dies das Zauberwort gewesen, verschwand das kleine Gartenhaus urplötzlich vor ihren Augen und Rosalie hielt einzig den Schlüssel noch in ihren Händen. Bestürzt erkannte sie im Sonnenlicht eine kleine graue Maus, die sie mit ihren funkelnden kleinen Augen böse anstarrte und kurz darauf gar garstig zu lachen begann.

„Ha! ha! Ha, pffffh, pffffh, jui, jui jui ...! Wie ängstlich du ausschaust, meine kleine Rosalie! In der Tat amüsierst du mich köstlich. Ach, du glaubst gar nicht, wie sehr mich deine maßlose Neugier freut! Fast fünfzehn Jahre ist es her, seit dein Vater mich in dieses furchtbare Gefängnis einsperrte und mich schändlicher Weise der Kraft euch zu schaden beraubte. Ffffhr, wie ich ihn dafür hasse! Und auch dich verabscheue ich, weil du seine widerwärtige Tochter bist!"

„Wer bist du denn, du böse kleine Maus?"

„Ach, wie possierlich das klingt ..., ‚böse kleine Maus' ... Du machst mir Spaß! Weißt du denn nicht, dass ich keine kleine Maus bin? Und schon gar nicht nenn mich böse. Sieh in mir vielmehr das Allerschrecklichste, was du dir nur vorzustellen vermagst. Vor dir steht die grauenhafte Fee Détestable, der Todfeind deiner Familie. Und dieser Name passt zu mir, das versicher ich dir. Die gesamte Welt hasst mich und ich hasse die Welt. Ab heute bin ich der dunkle Schatten deines Lebens. Wohin auch immer du gehst, immer werd' ich bei dir sein!"

„Verschwinde, sofort, widerliche Kreatur! Eine kleine Maus muss man nicht fürchten. Ich werde dich schon wieder loswerden! „

„Offensichtlich hörst du schwer, mein Kindchen. Ich bin eine Fee und keine kleine Maus! Im Übrigen werden wir sehen, wer wen los wird, Dummerchen! Sei dir gewiss, ich bleibe an deiner Seite!"

In panischer Angst rannte Rosalie zum Haus. Doch jedes Mal, wenn sie sich umschaute, erblickte sie die Maus, die trotz ihrer kleinen Beinchen ihr ständig auf den Fersen blieb und dabei auch noch spöttisch lachte. Schon war Rosalie ins Haus gehuscht und versuchte im letzten Moment der Maus die Tür vor der Nase zuzuschlagen. Doch das unheimliche Tier sprang in den Türspalt. Und wie sehr Rosalie es auch zu vertreiben und schließlich zu zerquetschen suchte, es gelang ihr nicht.

„Warte nur, böses Ungeheuer!", schrie Rosalie außer sich vor Wut und Entsetzen: „Gleich zeig ich's dir!"

Voller Todesmut ergriff sie einen Besen und versuchte ihn auf die Maus zu schleudern. Doch der ging sofort in Flammen auf. Rosalie konnte ihn gerade noch in den Kamin stoßen, um das Haus zu retten. Darauf schnappte sie sich einen Kessel mit kochendem Wasser und schüttete es über die Maus. Das Wasser jedoch verwandelte sich augenblicks in frische kühle Milch, die die Maus noch in der Luft mit sichtbarem Genuss zu trinken begann:

„Ach, wie überaus gastfreundlich du bist, Rosalie, pfffh, pfffh, pfffh! Nicht genug, dass du mich aus meiner Gefangenschaft befreitest. Nun servierst du mir auch noch einen köstlichen Morgentrunk."

Da begann die arme Rosalie bitterlich zu weinen. Sie wusste nicht mehr, was sie tun sollte, als sie plötzlich Schritte hörte:

„Oh weh, mein Vater kommt zurück! Ach, grausame Maus, ich flehe dich an. Hab Erbarmen mit mir und verschwinde, damit mein strenger Vater dich nicht sieht!"

Der Besen ging sofort in Flammen auf.

„Nein, das tue ich nicht! Im Gegenteil werde ich mich hinter deinen Füßen verstecken, um zu sehen, wie dein Vater von deinem Ungehorsam erfährt."

Kaum hatte sich die Maus versteckt, da betrat bereits Prudent das Zimmer. Er schaute auf seine Tochter, deren Blässe und verlegene Miene nur zu gut ihre Schuldgefühle verriet.

„Rosalie", sagte der Vater mit zitternder Stimme: „Ich habe den Schlüssel zum Gartenhaus irgendwo liegenlassen. Hast du ihn vielleicht gefunden?"

„Hier ist er, Vater", sagte Rosalie tief errötend.

„Oh, wie kommt denn die viele Milch auf den Boden?"

„Ach, Vater, es war die Katze."

„Die Katze? Unmöglich! Die Katze soll ihre Milchschüssel aus dem Flur in die Mitte des Zimmers getragen und dort die Milch verschüttet haben?"

„Nein! Nein, Vater! Ich war es, die sie verschüttete. Beim Tragen ist mir die Schüssel zufällig aus der Hand gefallen."

Rosalie sprach mit leiser Stimme und wagte nicht, ihren Vater anzuschauen.

„Nimm Scheuertuch und Besen, Rosalie und wisch die Milch weg."

„Aber es ist kein Besen da, Vater."

„Kein Besen! Als ich das Haus verließ, war noch einer da."

„Ich habe ihn verbrannt, Vater, aus Versehen, beim ... beim ..."

Sie hielt inne. Ihr Vater schaute sie stirnrunzelnd an, warf dann einen unruhigen, suchenden Blick durch den Raum, seufzte tief und wendete schließlich seine Schritte in Richtung des kleinen Gartenhauses am Ende des Parks. Als der

Vater gegangen war, stürzte Rosalie bitterlich weinend zu Boden. Die Maus rührte sich nicht. Doch dauerte es gar nicht lange, da kam Prudent bereits zurück. Sein Gesicht war von tiefstem Entsetzen gezeichnet:

„Weh, Rosalie, unglückliches Kind! Was hast du getan? Indem du deiner verhängnisvollen Neugier nachgabst, hast du unseren ärgsten Feind aus dem Gefängnis befreit!"

„Verzeih mir, mein Vater! Oh, bitte verzeih deiner armen Rosalie!", rief sie und warf sich weinend vor seine Füße. Ich wusste ja nicht, dass ich etwas Böses tat."

„Unwissenheit schützt vor Strafe nicht. Und diese schreckliche Strafe ist bereits über uns hereingebrochen, unglückseliges Kind!"

„Aber wieso denn, Vater? Wer ist denn diese kleine böse Maus? Und von was für einer Strafe sprichst du? Wenn die Maus tatsächlich so große Macht besitzt, wie konntest du sie dann so lange als Gefangene halten? Und warum kannst du sie nicht einfach wieder ins Gefängnis zurückbringen?"

„Diese kleine Maus, mein armes Kind, ist in Wirklichkeit eine bitterböse und äußerst mächtige Fee. Seit du meinem ärgsten Feind die Freiheit gegeben hast, darf ich dir nun enthüllen, was ich dir bis zu deinem fünfzehnten Geburtstag eigentlich verschweigen musste: Was meine Person betrifft, hatte die Maus in der Tat recht. Ich bin nicht das, was ich scheine. Ich bin kein Mensch, sondern der unsterbliche Zauberer Prudent aus dem Geisterreich. Deine liebe Mutter war eine sterbliche Prinzessin. Aber ihre Tugend und Anmut berührten die Feenkönigin und den Zauberkönig so sehr, dass sie mir erlaubten, sie als Sterbliche zu heiraten. An unserem Hochzeitstag gab ich ein glänzendes Fest und vergaß dabei unglücklicherweise, die Fee Détestable zuvor mit einem starken Zauber zu bannen. Denn du musst wissen, dass Détestable mich hasst, seit ich anstatt ihrer Tochter deine liebe Mutter zur Frau gewählt hatte. Sie war so wütend auf mich, dass sie mir und meinen Angehörigen unauflösliche Feindschaft schwor. Leicht hätte ich mich vor ihr schützen können, da meine Zauberkraft der ihren ebenbürtig ist. Viele Male triumphierte ich bereits über sie. Doch am Tag meiner Hochzeit versäumte ich diesen Schutzzauber und so nahm das grausame Schicksal seinen Lauf.

Einige Stunden nach deiner Geburt wurde deine Mutter urplötzlich von heftigen Krämpfen geschüttelt, die ich nicht zu besänftigen vermochte. So eilte ich zur Feenkönigin, um ihre Hilfe zu erbitten. Doch als wir zurückkamen, war deine Mutter bereits tot. Die böse Fee Détestable hatte sie ermordet und nicht nur das. Gerade war sie dabei, dich, meine liebe Rosalie, mit den allerschrecklichsten Leidenschaften und Lastern des Bösen auszustatten, als meine unerwartete Rückkehr ihre Bemühungen glücklich vereitelten. Ich unterbrach die Fee Détestable genau in dem Moment, da sie dich mit dem Fluch der Neugier ausstattete. Doch reicht dieser Zauber nur, um dich bis zum fünfzehnten Lebensjahr unglücklich zu machen. Gemeinsam mit der Feenkönigin entfachten wir nun eine mächtige Gegenkraft. Und tatsächlich gelang es uns, dich fünfzehn Jahre lang vor der bösen Macht der Fee Détestable zu schützen. Und nicht nur das, die Feenkönigin verwandelte die Fee Détestable zur Strafe in eine kleine Maus, sperrte sie in das kleine Gartenhaus, und bestimmte, dass die Maus es niemals mehr verlassen dürfe, außer wenn du, Rosalie, es willentlich öffnen würdest. Auch solle dein

Schutz nur unter der Bedingung bestehen bleiben, dass du in dieser Zeit drei Mal unter den schwierigsten Umständen deiner schrecklichen, völlig sinnlosen Neugier zu widerstehen vermöchtest. Gelänge dir dies nicht, erhielte Détestable ihre Macht und auch ihre ursprüngliche Feengestalt zurück. Würdest du aber über deine schicksalhafte Neugier siegen, wäre die Macht der Fee Détestable über dich für alle Zeiten zerstört.

Nur unter großen Schwierigkeiten erhielt ich all diese Zugeständnisse von der Feenkönigin, und nur weil ich versprach, mein Schicksal mit dem deinen zu teilen und wie du der Sklave der Fee Détestable zu werden, falls du dreimal deiner unseligen Neugier nachgeben würdest. Auch versprach ich feierlich, dich so zu erziehen, dass diese schreckliche Leidenschaft der Neugier, die schon so viel Unheil über die Menschheit gebracht hat, niemals in voller Stärke bei dir zum Ausbruch käme. Und nun weißt du auch, warum ich mein und dein Leben auf dieses kleine Gebiet des Parks und des Hauses beschränkt habe, warum ich keinen Diener ins Haus ließ und warum ich durch meine Zauberkraft alles herbeischaffte, was dein Herz begehrte. Ich war so froh, dass ich diese schreckliche Krankheit deine ganze Kindheit und Jugend über auf kleiner Flamme halten konnte. Und schon in drei Wochen wärst du zu deinem fünfzehnten Geburtstag für alle Zeit von dem widerwärtigen Joch der Fee Détestable befreit gewesen. Doch als du nach dem Schlüssel des kleinen Gartenhauses fragtest, an den du nie zuvor gedacht hattest, wusste ich, dass der Fluch der Neugier nun doch in voller Stärke von dir Besitz zu ergreifen begann. Leider vermochte ich meinen Schmerz nicht zu verbergen, den dein Begehren in mir auslöste. Doch dieser Kummer fachte deine Neugier leider nur noch stärker an. Stell dir meinen tiefen Schmerz vor, als ich deine geheimsten Gedanken las. Zu allem Unglück verlangte die Feenkönigin auch noch von mir, den Schlüssel absichtlich in deiner Reichweite liegenzulassen. Denn sie musste dich entsprechend den unabänderlichen Zauberregeln auf die Probe stellen. Kannst du dir vorstellen, Rosalie, was ich in der Stunde meiner Abwesenheit erlitt, dich allein mit der Versuchung zu wissen, dabei deine und meine Vernichtung immer vor Augen? Als ich bei meiner Rückkehr deine Verlegenheit und dein Erröten sah, wusste ich, dass das Allerschrecklichste eingetroffen und du deiner schlimmen Neugier erlegen warst.

Doch noch ist nicht alles verloren, Rosalie! Du kannst deinen Fehler wiedergutmachen, indem du fünfzehn Tage lang bis zu deinem Geburtstag dieser schrecklichen Leidenschaft widerstehst. In dieser Zeit wirst du den bezaubernden Prinzen Gracieux kennen und lieben lernen und damit vielleicht dein Glück auf Erden finden. Dieser glückliche Ausgang ist noch möglich. Ach, Rosalie, mein liebes Kind! Habe wenigstens Mitleid mit dir, wenn du auch kein Erbarmen mit mir zu kennen scheinst, und widerstehe deiner Neugier!"

Rosalie hatte die ganze Zeit über vor ihrem Vater weinend auf den Knien gelegen. Doch bei diesen letzten Worten schöpfte sie endlich wieder Mut, umarmte ihn zärtlich und sprach:

„Ach, mein lieber Vater! Ich verspreche dir feierlich, für mein schreckliches Vergehen zu büßen. Nur bitte verlass mich nicht! Mit dir zusammen werde ich auch die schwierigsten Prüfungen bestehen."

„Oje, mein armes Kind! Nicht länger liegt es in meiner Macht, mit dir zusammenzubleiben, da ich durch dich unter die Herrschaft meines ärgsten Feindes geraten bin. Niemals wird mir die Fee Détestable erlauben, an deiner Seite zu bleiben, um dich vor ihren Fallschlingen und Versuchungen zu schützen. Ich wundere mich nur, dass ich sie nicht sehen kann. Der Anblick meines Kummers müsste einen unwiderstehlichen Zauber auf ihr böses Herz ausüben."

„Fchchchchc ...! Allzeit war ich in deiner Nähe hinter den Füßen deiner wissbegierigen Tochter, dämlicher Prudent", schrie die graue Maus mit schneidender Stimme und zeigte sich dem unglücklichen Zauberer:

„In der Tat hast du mich köstlich unterhalten mit der Aufzählung all jener Dinge, die ich bereits vollbracht habe, um dich vortrefflichst leiden zu lassen. Dafür danke ich dir! Und bestimmt hast du auch Verständnis, dass ich mich versteckt hielt, um diese tiefe innere Genugtuung über deine Lobeshymnen auf meine Taten bis zum Schluss genießen zu können. Nun aber sag ‚adieu' zu deiner neugierigen kleinen Rosalie. Sie muss mich begleiten und ich verbiete dir, ihr zu folgen!"

Kaum hatte die Maus diese Worte ausgesprochen, verbiss sie sich mit ihren scharfen kleinen Zähnen bereits im Saum von Rosalies Kleid und versuchte sie gewaltsam mit sich fortzuziehen. Rosalie stieß einen durchdringenden Schrei aus und klammerte sich krampfhaft an ihren Vater. Der unglückliche Prudent holte instinktiv mit der Faust zum Schlage aus. Doch noch bevor er die Maus treffen konnte, hatte die bereits ihre kleine Pfoten auf seinen Fuß gelegt und den Zauberer in eine reglose Staue verwandelt. Voller Verzweiflung flehte Rosalie um Mitleid. Doch die Maus lacht nur diabolisch und schrie:

„Komm, komm, meine Hübsche! Hier gibt's kein Mitleid! Auf geht's zu einer lustige Reise durch die bunte Welt, in der ich dich nach allen Regeln der Kunst verführen werde. Und ich garantiere dir, in nicht einmal fünfzehn Tagen wirst du deiner unbändigen Neugier zweimal erliegen!"

Doch je mehr die Maus riss und zerrte, desto fester umklammerte Rosalie ihren armen Vater. Da endlich stieß die Maus einen gellenden Schrei aus, der das Haus augenblicks in Flammen setzte. In höchster Angst löste Rosalie den Griff und das Feuer erlosch:

„Adieu, mein lieber Vater! Adieu. In fünfzehn Tagen werden wir uns wiedersehen. Und ich verspreche dir, meinen Fehler wiedergutzumachen und dich zu retten!"

Mit äußerster Kraft riss Rosalie sich von der Maus los und rannte in panischer Angst eine ganze Zeit ziellos hin und her. Endlich kam sie völlig erschöpft zu einem einsamen Haus, vor dem eine sympathische Frau saß:

„Guten Abend, Madame. Würden Sie mir freundlicher Weise erlauben, die Nacht bei ihnen zu verbringen? Ich sterbe fast vor Hunger und Müdigkeit."

„Sage mir zuallererst, was ein so wunderschönes Mädchen wie du ganz allein am Abend auf der Straße macht? Und was ist das für ein hässliches Tier da neben dir, das dich begleitet? Es schaut so gar grässlich aus, dass mir regelrecht gruselt!"

Erschrocken drehte sich Rosalie um und erblickte die kleine graue Maus, die nur spöttisch lächelte. Verzweifelt versuchte Rosalie die Maus mit Tritten und Schlägen davonzujagen. Doch die hüpfte nur mit Leichtigkeit hin und her, machte die tollsten Saltos in der Luft und lachte dabei schaurig. Als die gute Frau diesen unheimlichen Kampf sah, schüttelte sie nur entsetzt den Kopf:

„Geh schnell weiter deinen Weg, meine Hübsche. Der Teufel und seine Spießgesellen finden keine Unterkunft bei mir!“

Bitterlich weinend setzte Rosalie ihre Reise fort. Doch wo auch immer sie ein Bett für die Nacht erbat, überall wurde sie wegen der schrecklichen kleinen Maus abgewiesen. Endlich gelangte sie in einen tiefen dunklen Wald, irrte verwirrt umher, bis sie im Mondschein auf einen Bach stieß, an dem sie ihren großen Durst stillen konnte. Auch fand sie glücklicherweise Brombeeren und Nüsse in Hülle und Fülle. Und nachdem Rosalie sich satt gegessen hatte, setzte sie sich mit dem Rücken an einen alten Eichbaum und dachte voller Kummer an ihren armen Vater und daran, was wohl in den fünfzehn Tage alles auf sie zukommen würde. Um nicht länger den grässlichen Anblick der bösen kleinen Maus ertragen zu müssen, schloss sie ihre müden Augen, und schon nach wenigen Minuten war sie mitten in dem großen Wald eingeschlafen.

Prinz Gracieux

Während Rosalie in tiefem Schlaf lag, zog eine Gruppe wilder Jäger, angeführt von dem Prinzen Gracieux, im Fackellicht durch den gespenstischen Wald. Schon eine ganze Weile verfolgten sie ein kleines Rehkalb mit ihren wütenden Hunden. Der Zufall wollte es, dass das arme Tier zitternd vor Entsetzen und Erschöpfung genau an der Stelle vorbeikam, an der Rosalie im Schlafe lag. Die Hunde sprangen dem Rehkalb hinterher über den Bach. Doch in dem Moment, da sie Rosalie erblickten, hörten sie plötzlich zu bellen auf, versammelten sich still um Rosalie und das Reh entfloh glücklich ins Dickicht. Der Prinz hingegen stieg ärgerlich von seinem Pferd, um die Hunde erneut auf die Spur des Rehs zu setzen. Doch wie groß war seine Überraschung, als er keine drei Schritte vor sich ein wunderschönes junges Mädchen erblickte, das mutterseelenallein im dunklen Walde schlief. Noch immer flossen Tränen aus ihren geschlossenen Augenlidern. Rosalie weinte selbst im Schlaf, so groß war ihr Kummer. Doch keiner seiner Jäger kannte sie. Die Pracht ihres Seidenkleides, ihre wunderschönen kastanienbraunen Locken, sorgsam gehalten durch einen goldenen Kamm, ihre eleganten Schuhe und ihre Halskette aus echten Perlen verwiesen auf eine hohe gesellschaftliche Stellung. Ihre feinen weißen Hände und ihre rosigen Fingernägel aber zeigten dem Prinzen schließlich, dass sie nie körperlich gearbeitet hatte.

Ungeachtet des Stampfens der Pferde, des erneuten Bellens der Hunde und der lauten Stimmen der Jäger erwachte Rosalie noch immer nicht. Der Prinz war verblüfft, stand starr vor ihr und vermochte seinen Blick nicht von ihr zu wenden. Beunruhigt durch ihren tiefen Schlaf, ergriff er endlich Rosalies Hand, drückte sie leicht, um sie zu wecken, doch ohne Erfolg:

„Ich kann dieses unglückliche Kind nicht im Stich lassen, das vielleicht in die Irre geführt wurde oder aber vor irgendeiner schrecklichen Gefahr geflohen ist."

„Aber, mein Prinz. Wie sollen wir sie mitnehmen, wo sie doch schläft?", fragte einer der Jäger.

„Könnten wir nicht eine Sänfte aus Zweigen bauen und sie derart zu einer Herberge in der Nähe bringen, während Ihre Hoheit die Jagd fortsetzt?", fragte ein zweiter.

„Die Sänfte ist eine gute Idee. Nur werdet ihr das Mädchen zu keiner Herberge, sondern in meinen Palast tragen. Zweifellos ist sie von hoher Geburt und außerdem wunderschön wie ein Engel. Ich selbst werde den ganzen Weg über sie wachen und ihr die Sorge und Aufmerksamkeit schenken, die sie verdient."

Schon bald hatten die Jäger eine Sänfte gebaut, auf der Prinz Gracieux seinen Mantel ausbreitete. Dann nahm er die noch immer sanft schlummernde Rosalie in seine Arme und legte sie sorgsam auf die Sänfte. In dem Moment begann sie im Traume lächelnd vor sich hin zu murmeln:

„Welch Glück, mein Vater gerettet ...! Und die Feenkönigin ...! Oh, der Prinz Gracieux ! Ich sehe ihn schon kommen. Ach, wie bezaubernd er ist ...!"

Der Prinz war zutiefst erstaunt, aus ihrem Munde ganz deutlich seinen Namen zu hören, und war sich nun endgültig sicher, eine Prinzessin vor sich zu haben, die in einem schrecklichen Zauber gefangen schien. Im Palast angekommen, ließ Prinz Gracieux die Räume der Königin für Rosalie herrichten. Keinem gestattete er sie zu berühren, brachte Rosalie vielmehr selbst in ihr Zimmer und legte sie sanft aufs Bett. Dann befahl er einigen Dienerinnen über ihren Schlaf zu wachen und ihn augenblicks zu benachrichtigen, wenn sie aufwachen würde. Und mit einem letzten Blick auf das liebenswürdige, traurige Antlitz der Schlummernden verließ er das Zimmer.

Rosalie schlief ruhig bis zum nächsten Morgen. Die Sonne schien bereits hell, als sie erwachte. Mit großer Überraschung schaute sie sich um. Die böse Maus schien glücklicherweise verschwunden.

„Hat mich ein gütiges Schicksal von der bösen Fee Détestable befreit?", fragte sie sich freudig: „Bin ich vielleicht in der Hand einer noch viel mächtigeren Fee?"

Rosalie ging ans Fenster und erblickte auf dem Hof viele prachtvoll gekleidete Menschen. Schon wollte sie einen von ihnen rufen, um zu erfahren, wo sie sich befände, als sie

Schritte sich nähern hörte. Sie drehte sich um und erblickte einen schönen jungen Mann, gekleidet in ein elegantes Jägerkostüm. Augenblicks erkannte Rosalie den Prinzen aus ihrem Traum und rief unwillentlich:

„Oh, Prinz Gracieux!"

„Du kennst mich also tatsächlich", antwortete der Prinz voller Verwunderung: „Doch warum kenne ich dich nicht? Wären wir uns schon einmal begegnet, niemals hätte ich deinen Namen und dein wunderschönes Gesicht vergessen können!"

„Ach, ich habe dich ja nur in meinen Träumen gesehen, Prinz", antwortete Rosalie verlegen: „Und auch meine Herkunft kannst du unmöglich kennen, da ich sie bis gestern selbst nicht kannte."

„Was ist deine Herkunft, die vermutlich vor dir geheim gehalten worden ist?"

Da erzählte Rosalie dem Prinzen alles, was sie von ihrem Vater gehört hatte, dass sie die Tochter eines mächtigen Zauberers und einer Prinzessin sei, und dass sie seit ihrer Geburt ganz einsam nur mit ihrem Vater zusammengelebt habe. Ja, die völlig unschuldige Rosalie berichtete ihm sogar offen und ehrlich von ihrer fürchterlichen Neugier und deren schrecklichen Konsequenzen.

„... Ach wie groß war mein Kummer, als ich meinen armen Vater verlassen musste. Da ich wegen der bösen Maus überall zurückgewiesen wurde, musste ich die Nacht allein im Wald verbringen. Bald jedoch fiel ich dort in tiefen Schlaf und in einem seltsamen Traum sah ich dich. Doch weiß ich beim besten Willen nicht, wie ich hierhergekommen bin. Kann es sein, dass ich vielleicht noch immer träume? Wenn ja, dann wecke mich bitte nicht, lieber Prinz."

Prinz Gracieux war erschüttert von dem traurigen Schicksal Rosalies und ihrer augenblicklichen Verwirrtheit. Immer wieder beteuerte er ihr, dass sie tatsächlich aufgewacht und in Sicherheit sei und dass er sie selbst aus dem dunklen Wald schlafend in sein Schloss gebracht habe. Dann fügte er ernst hinzu:

„Liebe Rosalie, noch immer gibt es eine Sache, die dir dein Vater nicht mitgeteilt hat. Die Feenkönigin, die meine Patentante ist, prophezeite uns, dass wir heiraten würden, und zwar an deinem fünfzehnten Geburtstag. So war es auch gewiss kein Zufall, dass mich gestern eine unerklärliche Kraft zum Walde hinzog, um dort wider meine Gewohnheit im Fackellicht zu jagen. Und ich gestehe, dass ich in der Tat von deiner wunderschönen wie geheimnisvollen Erscheinung völlig verzaubert bin. Drum, meine liebe Rosalie, erlaube mir, dass ich mich um dich kümmere. Bleibe hier bei mir im Palast, wo du sicher bist. Gewiss finden wir einen Weg zur Rettung deines Vaters. Ja, und vielleicht ..." Der Prinz stockte in seiner Rede: „... vielleicht werden wir tatsächlich dereinst Mann und Frau?"

Rosalie war ganz verlegen, dankte ihrem jungen Retter errötend und folgte dem Prinzen, der sie in eine weitere Kammer führte. Dort warteten bereits mehrere Dienerinnen mit einer Auswahl der schönsten und prächtigsten Kleider auf sie. Rosalie, die ihr ganzes Leben allein gewesen und deshalb nie irgendwelchen Wert auf ihre Ausstattung gelegt hatte, nahm das erstbeste Kleid, das man ihr zeigte. Es war aus rosa Seide, verziert mit feinsten Spitzen und kunstvoll gestickten Rosenknospen. Die Dienerinnen zogen sie an, wählten den passenden Schmuck dazu und formten ihr wunderschönes kastanienbraunes Haar mit kostbaren Bändern zu einer feinen Krone. Rosalie hatte ihre Ausstattung gerade beendet, da kam bereits der Prinz, um sie zum Frühstück abzuholen. Und nach dem Essen führte er Rosalie in den Garten und zu den Gewächshäusern, welche äußerst prächtig anzusehen waren. Das letzte war ein seltsamer Rundbau mit einer ausladenden Glaskuppel, die aufs Wunderbarste die herrlichen Sonnenstrahlen hindurchfallen ließ. Ringsum wuchsen die erlesensten Blumen, die mit ihren wunderschönen Düften die Sinne verwirrten. In der Mitte des Raumes aber befand sich ein großer Kasten, unter dem sich ein Baum zu befinden schien. Jedoch war aus irgendeinem Grund ein dicker schwerer Stoff darüber geworfen und an allen vier Seiten straff zusammengebunden. Doch glaubte die neugierige Rosalie durch ein Löchlein bereits ein Objekt von außerordentlichem Glanze hindurchschimmern zu sehen.

Der Baum im Rundbau

Voller Ungeduld hoffte Rosalie, dass der Prinz endlich das Tuch entfernen würde, das den mysteriösen Baum verhüllte. Jedoch verließ Prinz Gracieux mit ihr das Gewächshaus, ohne auch nur von ihm gesprochen zu haben.

„Was, mein lieber Prinz, befindet sich denn in diesem geheimnisvollen Kasten, der überdies auch noch so sorgfältig verhüllt ist?"

„Falls wir heiraten sollten, wird es dein Hochzeitsgeschenk sein! Aber du darfst es erst an deinem fünfzehnten Geburtstag sehen", sagte der Prinz fröhlich lachend.

„Aber was leuchtet denn da so außergewöhnlich unter dem Tuch?", drängte Rosalie erneut.

„In wenigen Tagen wirst du es wissen. Und ich selbst darf mir schmeicheln, dass auf der ganzen Welt wohl kein außergewöhnlicheres Geschenk zu finden ist."

„Und ich darf es nicht vor meinem fünfzehnten Geburtstag sehen?"

„Nein, Rosalie. Die Feenkönigin hat es mir unter schwerster Strafe verboten. Nur wenn du meine Frau werden solltest, darfst du es sehen und nur an deinem fünfzehnten Geburtstag. Ich hoffe, dass du mich genug liebst, um mich dereinst zum Manne zu nehmen und bis zu diesem Zeitpunkt deine Neugier zu zügeln."

Augenblicks spürte Rosalie einen unerklärlichen Strom heißester Liebe zu dem Prinzen Gracieux sie durchströmen und in diesem Moment wünschte sie sich nichts sehnlicher als ihn zu heiraten und mit ihm glücklich zu werden. Zugleich aber ließen die letzten Worte des Prinzen sie erzittern, da sie ihr die böse kleine Maus und das große Unglück ins Gedächtnis zurückriefen, das über sie und ihren Vater hereinbrechen würde, falls sie der Versuchung ihrer schrecklichen Neugier nicht zu widerstehen vermochte. So sprach sie nicht mehr über das geheimnisvolle Geschenk und setzte ihren Weg mit dem Prinzen fort. Der Tag ging auf höchst angenehme Weise vorüber. Der Prinz präsentierte sie den Damen seines Hofes, die in ihr bereits die Prinzessin Rosalie ehrten, die ihm die Feenkönigin als Braut vorausgesagt habe. Rosalie war liebenswürdig zu jedermann. Und alle hofften darauf, eine so bezaubernde und liebenswürdige Prinzessin tatsächlich als Königin zu haben.

Die folgenden Tage vergingen in Festlichkeiten jeglicher Art. Der Prinz und Rosalie kamen sich in dieser Zeit immer näher und näher. Ihre Liebe zueinander wuchs Tag für Tag auf geradezu atemberaubende Weise, bis beide sehnsüchtig gar die Minuten zählten, bis sie einander wiedersehen konnten. Und keiner von beiden wusste sich zu erklären, wie die Feenkönigin ihre große Liebe schon Jahre zuvor hatte vorhersehen können. So war es kein Wunder, dass Rosalie mit fröhlichem Herzen ihrem Geburtstags entgegensah, der auch der Tag ihrer Hochzeit sein sollte. Doch in ihre Freude mischte sich auch der Gedanke an ihren innig geliebten Vater, den sie nun bald wiederzusehen hoffte. Darüber hinaus platzt sie fast vor Neugier, was denn der geheimnisvolle Kasten im runden Gewächshaus enthalten könnte. Ja, sie dachte ständig an das Geschenk, träumte von ihm in der Nacht. Und wann immer sie allein war, vermochte sie sich nur mit alleräußerster Schwierigkeit davor zurückzuhalten, sofort in das Gewächshaus zu rennen, um das Geheimnis zu lüften.

Endlich war der letzte Tag der Vorfreude gekommen und für Rosalie auch der letzte Tag der Angst. Denn sie erinnerte sich nur zu gut des Versprechens der bösen kleinen Maus, sie zweimal in Versuchung zu führen und sie zu besiegen. Am nächsten Morgen würde Rosalie fünfzehn Jahre alt sein. Der Prinz war vollauf beschäftigt mit den Vorbereitungen für ihre Hochzeit. Es sollte ein sehr großes Fest werden, zu dem alle guten Feen wie auch die Feenkönigin geladen waren. Rosalie fand sich an diesem Morgen das erste Mal allein im Palast und beschloss spontan einen Spaziergang zu unternehmen. Während sie im Schlosspark über das Glück des folgenden Tages nachdachte, näherte sie sich unwillentlich dem runden Gewächshaus. Gedankenvoll lächelnd trat sie ein und fand sich direkt vor dem Tuch wieder, das den Schatz verhüllte.

„Ach, wie schön! Morgen werde ich endlich wissen, was dieses lästige Tuch vor mir versteckt. Anderseits, wenn ich es denn wirklich wollte, könnte ich es auch heute schon erfahren. In der Tat bräuchte ich ja nur meine Finger in die kleine Öffnung hineinzustecken, durch die es so seltsam hindurchschimmert. Und wenn ich dieses kleine Loch ein wenig erweitere, könnte ich bestimmt einen Blick in das Innere erhaschen. Wer würde jemals von meiner Tat erfahren? Keiner! Und danach würde ich den Stoff einfach wieder zunähen. Außerdem, da der morgige Tag, an dem ich alles sehen kann, schon so nah ist, könnte ich genauso gut auch heute bereits einen Blick auf das Geschenk werfen. Was macht dieser kleine Zeitunterschied schon aus?"

Rosalie schaute sich um und sah niemanden. In diesem Augenblick wurde ihre Neugier übergroß, schwoll an zu einem mächtigen Strom, der die große Güte des Prinzen und die schrecklichen Gefahren, die sie damit für alle heraufbeschwor, einfach so hinwegspülte. Schon schob sie wie im Fieber ihre Finger durch die kleine Öffnung und dehnte sie ein wenig. Doch im selben Moment zerriss mit Donnergetöse der Stoff von oben bis unten, die Kiste zersprang und Rosalie erblickte vor sich einen Baum von ganz und gar wunderbarer, unvergleichlicher Schönheit. Sein Stamm war korallenrot und seine Blätter schimmerten wie kostbare grüne Smaragden. Die vielfarbenen Früchte des Baumes waren aus Diamanten, Saphiren, Rubinen, Opalen, Topasen in derselben Größe wie die Früchte, die sie darstellten. Ein solch unbeschreiblicher Glanz ging von dem herrlichen Baume aus, dass Rosalie völlig überwältigt und geblendet war.

Rosalie erblickte vor sich einen Baum von ganz und gar wunderbarer Schönheit.

Aber kaum hatte sie diesen einzigartigen Baum gesehen, als ein zweites nicht minder lautes Geräusch sie jäh aus ihrer Verzückung riss. Unversehens fühlte sie sich nach oben gehoben und auf eine weite leere Ebene versetzt, von der aus sie voller Schrecken miterleben musste, wie der Palast des Prinzen Gracieux vor ihren Augen zu Trümmern zerfiel. Aus seinem Inneren drangen die grauenerregendsten Schreie von Angst und Schmerzen, die man sich nur vorstellen konnte. Und bald schon erblickte Rosalie ihren geliebten Prinzen, der in völlig zerrissener Kleidung und blutend den Ruinen entstieg. Langsamen Schrittes näherte er sich ihr und sagte traurig:

„Rosalie! Ach, du undankbare Rosalie! Sieh, was du mir angetan hast und meinem ganzen Hof. Nach dieser Tat zweifle ich nicht mehr daran, dass du auch ein drittes Mal deiner schicksalhaften Neugier unterliegen wirst. Damit dann hast das Unglück deines Vaters, dein eigenes und das meine besiegelt. Adieu, Rosalie! Adieu meine unglückliche Geliebte! Möge aufrichtige Reue deine Undankbarkeit gegenüber einem Prinzen wiedergutmachen, der dich mehr als alles auf der Welt liebte und nur versuchte dich glücklich zu machen!"

Mit diesen Worten wich der Prinz langsam zurück. Rosalie warf sich auf die Knie, badete in Tränen und rief immer wieder zärtlich seinen Namen. Doch Gracieux verschwand, ohne sich auch nur einmal umzudrehen. Rosalie war kurz davor ohnmächtig zu werden, als sie das schrille Lachen der bösen kleinen Maus vernahm, die direkt vor ihr stand.

„Ach, wie köstlich, fffchchch ...! Ich selbst mache mir das allergrößte Kompliment, dass ich dir, mein kleines Dummerchen, so gut bei der Inszenierung deiner Niederlage geholfen habe! Denn wisse, ich war es, der dich in diesen dunklen Wald schickte. Ich war es auch, der dir in jener Nacht den Traum vom Prinzen Gracieux und dem geheimnisvollen Baum im Gewächshaus schickte. Ich war es, der ein Loch in das Tuch knabberte, um deine blinde Neugier anzufachen. Und alles, alles war nur ein Traum! Doch kein Traum ist dein Versagen! Ohne diese grandiose List wäret ihr beide, dein Vater und du, mir durch die Lappen gegangen. Doch nun bedarf es nur noch eines klitzekleinen Ausrutschers deinerseits, mein kleiner dummer Liebling, und du wirst für immer meine Sklavin sein!"

In ihrer bösartigen Freude begann die grausame Maus wie wahnsinnig um Rosalie herumzutanzen und zu jubilieren. Doch ihre bösen Worte und ihr hämisches Verhalten erweckten nicht den Zorn des schuldbewussten Mädchens:

„Das alles ist ganz allein mein Fehler", sagte sich Rosalie: „Ohne meine verhängnisvolle Neugier und meine durch nichts zu entschuldigende Undankbarkeit hätte mich die graue Maus niemals besiege können. Ich allein habe der Versuchung meiner Neugier nachgegeben und kein anderer. Also kann auch nur ich das Unglück wiedergutmachen, das ich über den lieben Prinzen Gracieux und meinen armen Vater gebracht habe. Meine Reue, Liebe und Beharrlichkeit werden mir helfen, der dritten Versuchung zu widerstehen, egal wie stark sie auch immer sein wird. Nur noch wenige Stunden trennen mich von meinem fünfzehnten Geburtstag. Bis dahin muss ich durchhalten, damit die Macht der bösen kleinen Maus über mich und meinen Vater für immer und ewig gebrochen wird."

Und anstatt den elenden Ort mit dem Blick auf die schwelenden Ruinen des Palastes des Prinzen Gracieux zu verlassen, blieb Rosalie weiterhin bäuchlings auf dem Boden liegen. So vollständig war dessen Zerstörung, dass kein Stein auf dem anderen geblieben war und nur mehr eine Wolke aus Staub und Asche über den Trümmern hing. Die Schmerzensschreie der Verschütteten drangen noch immer in Rosalies Ohren und steigerten ihre Gefühle der Bitterkeit und der Trauer ins Unermessliche. Umsonst versuchte die graue Maus jedes nur erdenkliche Mittel, um sie zum Verlassen des Ortes zu bewegen. Keine Macht vermochte die arme, schuldbewusste Rosalie davon abzubringen, ihre eigene Bestrafung vermittels des schrecklichen Anblicks fortzusetzen.

Die Schatulle - Der Fluch der Neugier

Auf diese Weise ging der Tag voller bitterer Qualen vorüber. Rosalie litt furchtbaren Durst. Doch noch immer schien all ihr Leiden ihr nicht genug als Buße. Und so beschloss sie, an diesem trostlosen Ort den Anbruch ihres fünfzehnten Geburtstags abzuwarten. Die Nacht war bereits hereingebrochen, als eine gebrechliche alte Frau sich ihr näherte:

„Guten Abend, mein schönes Kind! Würdest du einer armen alten Frau den kleinen Gefallen tun, für eine halbe Stunde auf diese Schatulle aufzupassen? Ich möchte ganz in der Nähe meine Verwandten besuchen, habe aber nicht mehr die Kraft, sie auch nur einen Meter noch zu tragen."

„Aber ja, Madame", antwortete Rosalie hilfsbereit, und wunderte sich zugleich, wo denn in dieser schrecklichen Einöde jemand wohnen sollten. Soweit das Auge reichte, erblickte sie nur eine leere, unwirtliche Ebene.

Bedächtig legte die alte Frau die Schatulle in Rosalies Hände und sagte:

„Vielen Dank, mein schönes Kind! Nicht lange werde ich fort sein. Dennoch rate ich dir dringend, diese Schatulle auf keinen Fall zu öffnen, da sie ganz und gar außergewöhnliche Dinge enthält, die du noch nie gesehen hast und auch niemals Gelegenheit zu sehen haben wirst. Und vor allem, gehe äußerst sorgfältig mit der Schatulle um, da sie sehr empfindlich ist. Würde sie zerbrechen, könntest du ihren Inhalt sehen. Doch dies ist verboten!"

Die alte Frau ging fort und Rosalie stellte die Schatulle verwundert neben sich. Die Zeit verging. Schon war es mitten in der Nacht und die Frau kam noch immer nicht zurück. Eher durch Zufall richtete Rosalie ihre Augen erneut auf die Schatulle und sah voller Erstaunen, dass der Boden um sie herum geheimnisvoll erleuchtet war.

„Oh, wie seltsam. Was kann das wohl in der Schatulle sein, das derartig strahlt?"

Neugierig drehte sie das Kästchen hin und her und betrachtete es von allen Seiten. Aber nichts konnte dieses außergewöhnliche Licht erklären. Und so stellte Rosalie es sorgsam wieder auf den Boden:

„Mein Gott, was tue ich nur? Was bringt es mir zu wissen, was in der Schatulle ist? Gar nichts! Außerdem gehört das Kästchen nicht mir, sondern der alten Frau, die mir vertraut. Wenn ich nicht mehr an die Schatulle denke, kann meine Neugier mich auch nicht mehr dazu verführen, sie zu öffnen."

Tatsächlich schaute Rosalie weg und bemühte sich tapfer an etwas anderes zu denken, um so geduldig den Morgen zu erwarten:

„Morgen werde ich fünfzehn Jahre. Und damit ist meine Prüfung zu Ende. Dann hat die böse Fee keine Macht mehr über mich und ich kann endlich meinen armen Vater und meinen lieben Gracieux wiedersehen."

„Rosalie! Rosalie!", ertönte plötzlich das dünne Stimmchen der kleinen Maus: „Ich bin noch immer in deiner Nähe. Doch mach dir keine Sorgen, denn ich bin nicht länger dein Feind. Und um dir dies zu beweisen, zeige ich dir, was in der Schatulle ist. Du musst es nur wollen!"

Rosalie antwortete nicht.

„Rosalie, hast du nicht gehört, was ich dir gesagt habe? Ich bin dein Freund, glaube es mir!"

Rosalie schwieg weiter. Doch mit jedem Augenblick des Schweigens wurde die kleine Maus immer nervöser und verdrießlicher. Nur zu gut spürte sie, wie ihr die Zeit davonlief. Und endlich schrie sie mit garstiger Stimme:

„Dämliches Weibchen, du willst also nicht glauben? Wart nur, gleich werde ich dir meine Freundschaft beweisen!"

Schon sprang die böse Maus auf die Schatulle und begann voller Eifer mit ihren hässlichen Zähnchen den Deckel aufzunagen.

„Monster!", schrie Rosalie, ergriff die Schatulle und presste sie schützend gegen ihren Busen: „Wenn du noch einmal diese Schatulle berührst, werde ich dir den Hals umdrehen!"

Die Maus warf einen teuflischen Blick auf Rosalie und ihre Augen glühten wie Höllenfeuer. Doch getraute sie sich nicht, ihrem Zorn zu trotzen. Und während das Tier darüber nachdachte, wie es Rosalies Neugier auf andere Weise entfachen könnte, schlug eine ferne Turmuhr plötzlich zwölf Uhr.

Im selben Moment stieß die böse Maus einen grässlichen Schrei der Wut und Enttäuschung aus und stöhnte kurz darauf mit versiegender Stimme:

„Wehe, mir! Rosalie, die grässliche Stunde deiner Geburt wurde soeben eingeläutet. Du bist jetzt fünfzehn Jahre alt. Und damit habe ich meine Macht über dich und deinen widerwärtigen Vater verloren. Und nicht nur das: Für alle Zeiten muss ich nun in der schmachvollen Gestalt einer kleinen grauen Maus durchs Leben schleichen. Adieu, Rosalie! Du kannst die Schatulle jetzt öffnen!"

Kaum gesagt, verschwand die Maus. Rosalie seufzte erleichtert auf und griff nach dem Deckel des Kästchens, um ihn anzuheben. Doch im allerletzten Moment zögerte sie. Rosalie wusste selbst nicht warum und stieß das Kästchen weit von sich:

„Nein, ich besiege meine Neugier! Niemals mehr werde ich der Versuchung nachgeben!

Kaum gesagt, schlug die Uhr zum zweiten Mal die zwölfte Stunde. Und Rosalie verstand augenblicks, halb ohnmächtig und zitternd vor Anstrengung, dass die böse Maus sie schon wieder getäuscht hatte. Wie als Antwort gab es urplötzlich einen grässlichen Knall und die Schatulle zerbrach in tausend Stücke. Rosalie stieß einen Schrei des Entsetzens aus. Doch im selben Moment sah sie bereits die Feenkönigin herabschweben:

„Sorge dich nicht, Rosalie! Am Ende hast du doch den Sieg über die Neugier und den grausamen Feind deiner Familie getragen. Die Schatulle habe ich zerstört, um dir zu zeigen, dass nichts in ihrem Innern ist. Und so verhält es sich mit jedem Objekt der Neugier. Immer findest du nur nichts. Und dass dies bereits die ganze Wahrheit ist, siehst du daran, dass deine Neugier nie gestillt werden kann, so viele Geheimnisse du auch immer lüftest. Denn von nichts wird man nicht satt!“

„Aber was ist denn dann diese seltsame Neugier?“, fragte Rosalie verwundert.

„Die Neugier ist ein Fluch, ein gar schrecklicher Zauber, der seit Angedenken auf der Menschheit lastet! Und nur wenn jeder Einzelne, wie du es eben getan hast, diesen Fluch zu besiegen vermag, kann er frei und glücklich werden. Denn glaube mir, alles was ihr zu eurem Glücke braucht, habt ihr bereits. Und mehr gibt es dazu nicht zu sagen. Doch nun sollst du essen und trinken und danach lass uns zu deinem Vater zurückkehren. Er erwartet dich bereits im Palast des Prinzen.“

„Aber, Madame, ich denke der Palast des Prinzen ist zerstört und er selbst schwer verwundet?“

„Das, meine liebe Rosalie, war in der Tat nur eine Illusion, ein Traum, um dich vor der dritten Versuchung und vor noch Schlimmerem zu bewahren. Denn wisse, die Maus denkt, ich aber lenke! Glaub mir, bald schon wirst du den Palast so wiedersehen, wie du ihn in deiner Erinnerung trägst.“

Damit überreichte die Fee Rosalie eine geheimnisvolle Frucht, von der bereits ein einzelner Bissen selbst den größten Hunger und Durst stillte. Kurz darauf fuhr eine von zwei Einhörnern gezogene prächtige Kutsche vor und die Reise begann. Vor dem Palast warteten Rosalies Vater, der Prinz Gracieux und der gesamte Hofstaat bereits auf sie. Glückselig warf sich Rosalie den beiden in die Arme. Und ganz wie es die Feenkönigin gesagt hatte, schien der Prinz glücklicher Weise nicht das Geringste von ihrem Versagen im Gewächshaus zu wissen. War also alles tatsächlich nur ein böser Traum gewesen ...?

Wenige Stunden später führte Prinz Gracieux seine geliebte Rosalie bereits glücklich zum Altar, alle guten Feen gaben dem jungen Paar ihren Segen und danach folgte eine Hochzeitsfeier, wie sie die Welt zuvor noch nicht gesehen hatte. Seit Rosalie ihre Neugier überwunden hatte, lebte sie alle Tage glücklich und zufrieden mit ihrem über alles geliebten Gracieux. Und als den beiden ein niedliches kleines Töchterlein geboren ward, waren Rosalies Vater und die gute Feenkönigin vorsorglich zur Stelle, um dieses Kind allzeit vor den bösen Feen und Geistern aller Reiche zu beschützen.

Ourson das Bärenkind

Die Lerche und die Kröte

Es war einmal eine schöne Frau, die hieß Agnella. Sie lebte allein mit ihrer jungen Dienerin Rose auf einer wunderschönen kleinen Farm, umgeben von den buntesten Wiesen, den fruchtbarsten Feldern und herrlich rauschenden Wäldern. Sie hatten eine bezaubernde Kuh, die jeden Tag einen ganzen Eimer Milch gab, eine Katze, die die Mäuse fernhielt und einen Esel, mit dem sie jeden Mittwoch zum Markt ging, um ihre Früchte, Butter, Gemüse, Eier und Käse zu verkaufen. Niemand in der Nachbarschaft wusste, wie Agnella und Rose auf diese Farm gekommen waren, die überall nur den Namen Waldlandfarm trug. Ja, manche behaupteten sogar, dass es die Farm vor Agnellas Ankunft überhaupt nicht gegeben habe und dass sie wohl deshalb durch

Zauberei entstanden sein müsse. Wie auch immer, Agnella und Rose führten ein glückliches und beschauliches Leben auf dieser kleinen Farm. Und dies wäre wohl für alle Zeiten so weitergegangen, hätte es nicht diesen denkwürdigen Abend im August gegeben.

Rose war gerade damit beschäftigt, die herrliche schöne weiße Kuh zu melken, während Agnella das Abendessen zubereitete. In dem Moment, da diese eine Schüssel Salat auf den Tisch stellte, erblickte sie eine riesige Kröte die darinnen gierig eine Kirsche verschlang.

„Scheußliches Ungeheuer!", rief Agnella erschrocken aus: „Dir werd ich zeigen, was es heißt, meine Kirschen zu stehlen!"

Schon versetzte sie der Kröte einen Schlag mit ihrem Holzpantoffel, der das garstige Tier vom Tisch herunterschleuderte. Doch als Agnella sie vor die Tür werfen wollte, stieß die Kröte einen schneidenden Pfiff aus und richtete sich auf den Hinterbeinen auf. Ihre großen Glubschaugen blitzten vor Wut, ihr hässlicher Körper erbebte und ihrer Kehle entwich ein schreckliches Brüllen. Agnella hielt erstaunt inne, sprang dem Gift der wütenden Kröte ausweichend zurück, und suchte nach einem Besen, um das abscheuliche Monster endgültig hinauszuwerfen. Doch da hob die Kröte gebieterisch ihre Vorderpfote und schnarrte mit vor Wut zitternder Stimme:

„Du hast es gewagt, mich zu schlagen! Du hast mich davon abgehalten, die Kirschen zu fressen, die du in meinem Reiche gestohlen hast! Du hast versucht, mich aus dem Haus zu vertreiben, das auf meinem Grund und Boden steht! Meine Rache soll dich treffen. Du sollst an dem leiden, was dir einst am liebsten ist! Denn wisse, dass man die Fee Rageuse nicht ungestraft beleidigt. Drum höre, dir wird ein Sohn geboren werden, bedeckt mit grobem Fell wie ein Bärenjunges und ..."

„Halt endlich ein, Rageuse", flötete eine kleine süße Stimme, die von oben zu kommen schien.

Agnella hob ihren Kopf und erblickte eine Lerche, die sich auf der geöffneten Eingangstür niedergelassen hatte.

„Du rächst dich zu grausam für ein Unrecht, dass dir nicht als Fee, sondern in der ekelhaften Gestalt einer hässlichen Kröte zugefügt wurde. Es ist ganz allein deine Schuld, dass du dich hinter dieser abstoßenden Form verstecktest. Deshalb verbiete ich dir mit meiner Zauberkraft, deine Boshaftigkeiten in deiner blinden Wut zu weit zu treiben!

Und nun zu dir, arme Agnella. Leider liegt es nicht in meiner Macht, den bereits ausgesprochenen Fluch der bösen Fee Rageuse rückgängig zu machen. Doch verzweifle nicht, denn es gibt ein Heilmittel für die schlimme Missbildung deines zukünftigen Sohnes. Ich schenke ihm die Macht, sein hässliches Fell mit der Haut eines anderen zu tauschen. Doch müssen beide diesem Tausch aus gegenseitiger Liebe und Dankbarkeit zustimmen."

„Oh weh! Frau Lerche", stöhnte Agnella: „Mein armer, unglücklicher Sohn soll wie ein wildes Tier aussehen und alle Menschen werden ihm wie einem Ungeheuer aus dem Wege gehen! Oh weh, oh weh! Und was geschieht, wenn niemand mit meinem Sohn seine Haut tauschen möchte?"

„Deine Sorge ist wohl berechtigt", antwortete die Fee Drôlette traurig: „Umso mehr, als es dir und Rose verboten ist, eure Haut mit ihm zu tauschen. Aber hab keine Angst und vertrau mir. Ich bin die gute Fee Drôlette und werde euch nicht im Stich lassen. Kommt dein Sohn zur Welt, nenne ihn Ourson und hoffe, dass es zu seiner glücklichen Verwandlung kommen wird. Von diesem Tag an muss er dann, angemessen seiner Geburt und Schönheit, Prinz Merveilleux genannt werden.“

Auf der Flucht wurden sie vom Wirbelwind über 27 Königreiche davongetragen.

Mit diesen hoffnungsvollen Worten erhob sich die Fee Drôlette in die Lüfte und verschwand. Auch die Fee Rageuse zog sich zurück, noch immer voller Wut und jeden zweiten Schritt Agnella mit bedrohlicher Miene anstarrend. Als Agnella allein war, begann sie herzzerreißend zu weinen. Rose, die in ihrem Versteck alles mit angehört hatte, versuchte ihre

Herrin zu trösten. Doch dann sagte sie sorgenvoll:

„Oh weh, Königin Aimee! Was wird dein Ehemann, der König Ferocious, dazu sagen, wenn er hört, dass der Thronfolger ein Bär sein wird?“

„Wehe, sprich mich nicht mit diesem Namen an. Wenn uns jemand hört! Du weißt doch, wie sehr mich Ferocious hasst, seit ich ihn davon abgehalten habe, seinen Bruder Indolent und dessen Frau Nonchalante zu töten. Anderseits mach dir keine Sorgen, Rose. Denn auch wenn er uns zu finden versuchen sollte, niemals wird ihm dies gelingen. Damals, als wir auf unserer Flucht vom Wirbelwind davongetragen wurden, habe ich mindestens 27 Königreiche gezählt, bis wir sanft zu Boden fielen.“

Wieder fing Agnella an zu weinen, denn sie verstand ihr schweres Schicksal nicht.

„Sei getrost, Herrin. Wenn wir deinen Sohn gut und tugendhaft erziehen, wird sich bestimmt bald eine dankbare Seele finden, die ihre weiße Haut gegen sein Bärenfell eintauscht.“

Roses aufmunternde Worte verfehlten ihre Wirkung nicht. Agnella erhob sich langsam und trocknete die Tränen in ihren Augen.

Oursons Geburt und Kindheit

Auf den Tag genau drei Monate nach dem Erlebnis mit der Kröte brachte Agnella einen Knaben zur Welt, den sie, wie von der Fee Drôlette verlangt, Ourson nannte. Sein gesamter Körper war bedeckt mit einem dicken schwarzbraunen Fell, dass man kaum Mund und Augen sehen konnte. So grauenerregend sah er aus, dass niemand Fremdes ihn zu berühren gewagt hätte. Denn jeder würde ihn für einen jungen Bären gehalten und getötet haben. Doch Agnella war seine Mutter. Und so umarmte sie ihren lieben Sohn in ihrer ersten Herzensregung zärtlich und rief unter Tränen:

„Oje! Mein armer kleiner Ourson! Wer soll dich in deiner schrecklichen Gestalt jemals so lieben können wie ich, um diesen schrecklichen Fluch von dir zu nehmen?“

Ourson antwortete nicht auf die sorgenschweren Worte und schlief friedlich weiter. Rose nahm das Kind, kleidete es ein und wollte es umarmen. Doch stach sie sich ihre Lippen an seinem rauen Fell.

„Ach mein armer Junge. Ich werde dich nicht häufig umarmen können“, sagte sie mit leiser Stimme.

Mit Ausnahme seines dichten Fells hatte Ourson jedoch nicht das Geringste von einem Bären. Im Gegenteil war er das sanftmütigste, intelligenteste und liebevollste Kind, das man sich nur vorstellen konnte. Schon bald liebte auch Rose ihn mit ganzem Herzen. Als Ourson größer wurde, erlaubte man ihm ab und an die Farm zu verlassen. Doch die Kinder und Frauen rannten fort vor ihm, sobald sie ihn sahen. Und die Männer mieden ihn wie den Teufel. Und so kam es, dass, wenn Agnella ihren Sohn zum Markt mitnahm, sie nicht einen Käse verkaufte. Verständlicher Weise weinte Agnella oft und heftig über das grausame Schicksal ihres armen Sohnes, das sie so gar nicht zu wenden vermochte.

Violette im Walde

Ourson wuchs schnell heran und mit acht Jahren war er bereits groß und stark mit beeindruckenden sanften Augen und einer liebenswürdigen, einnehmenden Stimme. Sein Fell war nicht länger steif, sondern weich wie Seide. Und alle, die ihn liebten, konnten ihn endlich umarmen, ohne gekratzt zu werden. Ourson liebte seine Mutter zärtlich und wurde ebenso von ihr geliebt. Aber dennoch war er oft sehr traurig. Nur zu gut spürte Ourson den Schrecken, den er verbreitete und dass er anders war als all die anderen Kinder. Und so verbrachte er die meiste Zeit allein.

Eines Tages wanderte er wieder einsam seinen Lieblingsweg entlang, der unweit der Farm verlief. Ourson war schon eine ganze Weile gelaufen und schaute sich nach einem gemütlichen Flecken zum Ausruhen um, als er nur wenige Schritte vor sich etwas Rosiges am Wegesrand schimmern sah. Vorsichtig kam er näher und erblickte ein wunderschönes kleines Mädchen schlafend im grünen Grase. Er schätzte sie auf ungefähr drei Jahre. Ihr blondes Haar fiel sanft über die rosigen Wangen auf ihre Schultern. Und ein seliges Lächeln lag auf ihren leicht geöffneten Lippen, hinter denen ihre Zähnchen wie kleine Perlen schimmerten. Ihren Kopf hatte sie anmutig auf ihren Arm gelegt und in ihrer kleinen Hand hielt sie tapfer eine gelbe Löwenzahnblüte. Die ganze Haltung dieses kleinen Mädchens war so anmutig und bezaubernd, dass Ourson voller Staunen regungslos stehenblieb. Er verstand nicht, wie ein so kleines Mädchen so mutterseelenallein im Wald schlafen konnte, ganz so als läge es zu Hause in seinem Bett. Die Ausstattung des Kindes war prächtiger und eleganter als alles, was er je gesehen hatte. Sein Kleid war aus mit Gold durchwirkter weißer Seide, eine wunderschöne Perlenkette mit einem Medaillon schmückte ihren zarten Hals und an den Armen trug sie kostbare Diamantbänder.

Noch während Ourson in seinem Versteck hinter einem alten Baum in Bewunderung ob des liebenswürdigen kleinen Mädchens schwelgte, begann eine Lerche hoch oben in den Lüften wunderschön zu tirilieren. Das Kind erwachte aus tiefem Schlaf. Verwundert rief es nach seinem Kindermädchen. Als es sich aber allein im Walde wiederfand, begann es bitterlich zu weinen. Ourson war tief berührt von ihren Tränen und seine Verlegenheit war groß.

„Soll ich das kleine Mädchen ansprechen? Wenn es mich sieht, wird es mich für ein wildes Tier halten, sich erschrecken und zu fliehen versuchen. Lasse ich aber das Kind hier allein, wird es vor Angst und Hunger sterben."

Noch während Ourson diese Überlegungen anstellte, schritt das kleine Mädchen neugierig um den Baum herum, sah ihn, stieß einen Angstschrei aus, versuchte zu fliehen und stürzte über eine Baumwurzel zu Boden.

„Flieh nicht vor mir, liebe Kleine", rief Ourson mit seiner sanften, traurigen Stimme: „Niemals würde ich dir weh tun. Lass mich dir helfen, deinen Vater und deine Mutter wiederzufinden."

Das Kind schaute ihn ängstlich an und schien sehr beunruhigt.

„Sag doch irgendetwas zu mir, meine Kleine! Ich bin kein Bär, wie du vielleicht annehmen könntest, sondern nur ein sehr unglücklicher kleiner Junge, der jedem Angst und Schrecken einflößt und der deshalb von jedem gemieden wird."

Die Augen des Kindes wurden ruhiger und sanfter, ihre Furcht schien sich allmählich aufzulösen und unentschieden blickte sie hin und her. Doch als Ourson einen Schritt auf das Mädchen zu ging, stieß es erneut einen Angstschrei aus und versuchte fortzulaufen. Ourson hielt inne und begann bitterlich zu weinen.

„Unglückseliges Wesen, das ich bin", schluchzte er: „Noch nicht einmal diesem armen verlorenen Kind darf ich helfen. Meine Erscheinung erfüllt es mit Schrecken! Lieber würde es im großen Wald verloren gehen, als sich von mir helfen zu lassen!"

Schluchzend warf er sich auf den Boden. Doch einige Augenblicke später spürte er erstaunt, wie eine kleine Hand die seine zu ergreifen versuchte. Verwirrt hob er seinen Kopf und erblickte vor sich das kleine Mädchen voller Tränen in den Augen. Es streichelte seine haarigen Wangen und sagte tröstend:

„Wein nicht, kleiner Bär, wein nicht. Violette ist nicht länger ängstlich, sie wird nicht wieder weglaufen. Violette wird den armen kleinen Bären lieben. Möchte der kleine

Bär Violette seine Hand geben? Und wenn er wieder weint, wird Violette ihn umarmen. Armer kleiner Bär ..."

Oursons Tränen der Verzweiflung folgten augenblicks Tränen des Glücks. Doch als Violette sah, dass er wieder weinte, näherte sie sich erneut seinem haarigen Gesicht und gab ihm mehrere Küsse.

„Da siehst du, kleiner Bär, dass Violette nicht länger ängstlich ist. Violette küsst dich! Der kleine Bär will Violette nicht fressen. Und sie wird ihm folgen!"

Am liebsten wäre Ourson unmittelbar der Stimme seines Herzen gefolgt und hätte das unschuldige kleine Kind an seine Brust gedrückt. Violette hatte ihre natürliche Furcht überwunden, um den Schmerz einer armen Kreatur zu lindern, die sie unglücklich und elend erkannte. Doch er fürchtete, sie erneut zu erschrecken. Drum begnügt er sich mit einem sanften Händedruck. Violette erlaubte dies lächelnd.

„Nun, kleiner Bär ist es genug. Der kleine Bär wird die arme Violette lieben, die sich verlaufen hat!"

„Wo wohnst du denn, meine liebe Kleine?"

„Dort drüben, dort drüben, mit Papa und Mama."

„Und wie lautet der Name deines Vaters?"

„Er heißt König und die Mama heißt Königin."

Ourson staunte immer mehr:

„Und warum bist du allein in diesem großen dunklen Wald?"

„Violette weiß es nicht. Violette ritt auf einem großen Hund. Er rannte so schnell, eine lange Zeit! Oh, so schnell! Violette war so müde. Sie fiel herunter und schlief ein!"

„Und wo ist der Hund geblieben?"

Violette drehte sich in jede Richtung und rief sanft: „Ami! Ami!“

Doch kein Hund erschien.

„Oje! Ami ist weggelaufen! Arme Violette ist allein, ganz allein!“

Ourson nahm ihre Hand und Violettes lächelte süß.

„Soll ich gehen und deine Mama suchen, Violette?“

„Nein, nein! Violette kann nicht allein im Wald bleiben.“

„Dann komm mit mir, liebes Mädchen. Ich nehm dich erst einmal mit zu mir nach Hause und dann sehen wir weiter.“

Ourson und Violette wendeten ihre Schritte in Richtung der Farm. Auf dem Weg pflückte Ourson Walderdbeeren für Violette, die sie aber nicht annahm. Erst musste Ourson die Beeren in zwei gleiche Häuflein teilen. Danach führte sie seine Hand mit dem einen Häuflein an seinen Mund und sagte:

„Iss, kleiner Bär, iss! Violette wird nichts essen, bis du isst. Violette kann den kleinen Bär nicht weinen sehen.“

Sie schaute, ob er glücklich und zufrieden war. Ourson war in der Tat sehr glücklich. Denn er spürte, dass diese niedliche kleine Begleiterin ihn nicht nur duldete, sondern sogar an ihm interessiert war und ihm eine Freude bereiten wollte. Oursons Augen funkelten vor Begeisterung. Seine Stimme, die sonst immer sanft und traurig gewesen war, klang nun zärtlich. Nach einer halben Stunde Weg sagte er zu ihr:

„Violette, du fürchtest dich also nicht mehr vor Ourson?“

„Oh! Nein, nein, nein!“, rief sie aus. „Ourson ist gut! Violette wird ihn nicht verlassen!“

„Dann wärst du einverstanden, wenn ich dich umarme?“

Statt einer Antwort warf sich Violette augenblicks selbst in seine Arme und Ourson drückte sie zärtlich an sein Herz.

„Liebe Violette, ich werde dich immer lieben! Niemals werde ich vergessen, dass du als erster Mensch bereit warst, mit mir zu sprechen, mich zu berühren und mich zu umarmen.“

Kurze Zeit danach erreichten sie die Farm. Agnella und Rose saßen gerade vor der Tür und unterhielten sich. Als sie Ourson in Begleitung eines kleinen, reich gekleideten Mädchens den Weg entlangkommen sahen, war sie dermaßen überrascht, dass sie sprachlos sitzenblieben.

„Liebe Mama, hier ist ein bezauberndes kleines Mädchen, das ich schlafend im Walde fand. Sie heißt Violette. Sie ist sehr gut erzogen und hat keine Angst vor mir. Ja, sie umarmte mich sogar, als sie mich weinen sah.“

„Und warum hast du geweint, mein armer Junge?“, fragte Agnella besorgt.

„Weil das kleine Mädchen Angst vor mir hatte und weglaufen wollte“, antwortete Ourson mit trauriger Stimme.“

„Pst! Sei still! Armer Ourson“, rief Violette und legte ihre kleine Hand auf seinen Mund: “Violette ist nicht mehr ängstlich. Sie gab dem armen Ourson ihre Hand und fütterte ihn mit Beeren. Violette wird Ourson ganz gewiss nie mehr zum Weinen bringen!“

Bei diesen Worten zitterte Violettes Stimme und ihre Augen waren erneut voller Tränen.

„Gutes kleines Mädchen“, rief Agnella und umarmte Violette herzlich: „Fast scheint es mir, als magst du unseren kleinen Ourson, der so unglücklich ist!“

„Oh, ja! Violette mag Ourson sehr und wird ihn immer lieben!“

Agnella und Rose stellten Violetta viele Fragen über ihren Vater, ihre Mutter und ihr Land, aus dem sie kam. Aber sie erfuhren nichts, was ihnen nicht bereits Ourson mitgeteilt hatte. Ihr Vater war ein König, ihre Mutter eine Königin und sie wusste nicht, warum der Hund Ami mit ihr in den Wald gelaufen war. Agnella zögerte keinen Augenblick, das arme, verlorene Kind zu sich zu nehmen. Sie liebte Violette schon allein aufgrund der Zuneigung, die sie Ourson so rückhaltlos entgegenbrachte. Und sie war überglücklich über die Fröhlichkeit, die wie ein Wunder urplötzlich in Oursons Wesen eingekehrt war, da er sich erste Mal in seinem Leben von einem fremden Menschen geliebt sah.

Am Abendbrottisch herrschte eine glückliche und ausgelassene Stimmung, wie es sie noch nie zuvor gegeben hatte. Violette wollte unbedingt neben Ourson sitzen. Sie war fröhlich, lachte und erzählte die lustigsten Geschichten. Ourson, der sich wie neugeboren fühlte, konnte sein großes Glück kaum fassen. Und Agnella und Rose waren voller tiefer Freude, dass Ourson nun endlich eine kleine Spielkameradin zur Seite hatte. Nach dem Abendessen schlief Violette auf ihrem Stuhl ein.

„Wo wollen wir sie hinlegen?“, fragte Agnella besorgt: „Ich habe kein Bett für sie.“

„Leg sie in mein Bett, Mutter. Ich werde dafür im Stall schlafen.“

Agnella wies Oursons Vorschlag heftig zurück, doch er bestand so hartnäckig auf diesem kleinen Liebesdienst, dass sie schließlich zustimmte. Rose nahm die noch schlafende

Violette sorgsam in ihre Arme, zog sie aus und brachte sie zu Bett. Ourson ging indessen in den Stall und legte sich ins weiche Heu. In dieser Nacht schlief er so glücklich und zufrieden wie noch nie zuvor.

Rose traf Agnella in schweren Gedanken:

„An was denkst du, liebe Königin? Schau nur, ich bringe dir Violettes Kette mit dem Medaillon. Vielleicht werden wir darinnen ein Porträt oder irgendeinen Namen finden. Doch leider konnte ich es bis dahin nicht öffnen."

„Gib mir das Medaillon, Rose. Es erinnert mich an irgendetwas, doch will mir nicht einfallen, an was."

Agnella nahm die Kette, drehte das Medaillon hin und her und drückte es in jeder Richtung, doch noch immer ließ sich der Mechanismus nicht öffnen.

Da unversehens erschien in der Mitte des Raumes eine wunderschöne Frau strahlend wie die Sonne. Ihr sanftes Gesicht war von blendender Weiße, ihr Haare glänzten wie Goldfäden und eine Krone aus glitzernden Sternen schmückte ihre hohe Stirn. Ihre schlanke Gestalt wurde umweht von einem hauchdünnen Kleid, das gleichsam mit Sternen übersät schien. Ihre ganze Gestalt war so fein und leuchtend, dass sie zart wie himmlisches Licht wirkte.

„Agnella", sagte die Erscheinung lächelnd: „Ich bin die Fee Drôlette, die Beschützerin deines Sohnes und der kleinen Prinzessin, die er heute Morgen im Wald gefunden hat. Deine Erinnerung trügt dich nicht, denn du kennst nicht nur Violettes Medaillon, sondern auch ihre Eltern. Die kleine Prinzessin ist die Tochter deines Schwagers, des Königs Indolent und seiner Frau, der Königin Nonchalante. Vergebens hast du deinen Ehemann davon abgehalten, Indolent und Nonchalante zu töten. Kurz nach deiner Flucht hat er sie in ihrem Palast ermordet. Unglücklicherweise konnte ich dieses Verbrechen nicht verhindern. Doch kam ich gerade noch rechtzeitig, um ihre Tochter, die kleine Violette zu retten. Sie spielte im Garten. Und während der König Ferocious mit einem Dolch in der Hand nach ihr suchte, setzte ich sie auf den Rücken meines treuen Hundes Ami und befahl ihm, Violette im Wald in Sicherheit zu bringen. Zur selben Zeit lenkte ich die Schritte deines Sohnes zu Violettes Schlafplatz und den Rest der Geschichte kennst du bereits.

Das Medaillon in deiner Hand enthält die Portraits ihrer Eltern. Wenn du willst, dass ich deinen Sohn und Violette einst glücklich machen werde, dann verrate ihnen nie ihre königliche Herkunft. Verstecke die prächtigen Kleider und den Schmuck vor Violette und auch vor Ourson. Außerdem gebe ich dir hiermit eine wertvolle Schatulle aus reinsten Edelsteinen zur Aufbewahrung. Sie enthält Violettes Glück. Auch diese verstecke bitte vor ihren Augen. Und bedenke, dass die Schatulle erst geöffnet werden darf, wenn sie einmal verloren und wieder gefunden worden ist. Hast du dies alles verstanden?"

„Ja, gute Fee. Ich werde alle deine Anordnungen gewissenhaft befolgen. Doch nun sage mir bitte, ob mein unglücklicher Sohn jemals von seinem furchtbaren Bärenfell befreit werden wird?"

„Geduld! Geduld!", rief die Fee: „Ich sagte dir bereits, dass dies prinzipiell möglich ist. Zu entscheiden, ob und wann dies geschieht, liegt allerdings nicht in meiner Macht. Informiere deinen Sohn nur über die Möglichkeit, dass er sein Bärenfell mit der Haut eines anderen Menschen zu tauschen vermag, und dass dieser Tausch einzig allein auf der Basis gegenseitiger Dankbarkeit und Liebe geschehen kann. Nur wenn die Liebe rein und groß genug ist, dieses Opfer für Ourson zu vollbringen und wenn Ourson auch bereit ist, dieses Opfer anzunehmen, kann dein Sohn seine natürliche Gestalt wiedererlangen. Nun adieu, Königin. Vertraue allzeit meinem Schutz. Hier ist ein Ring. Solange du ihn trägst, wird es dir an nichts fehlen."

Noch während sie mit der Hand einen sanften Abschiedsgruß winkte, nahm die Fee die Gestalt einer Lerche an und flog fröhlich singend davon. Agnella und Rose schauten sich gegenseitig an. Agnella seufzte, Rose lächelte.

Der böse Traum

Am Morgen wurde Ourson durch das verwunderte Muhen der Kuh aus dem Schlaf gerissen. Sein erster Gedanke war Violette und so trat er leise in ihre Kammer ein. Das kleine Mädchen schlief noch selig und lächelte dabei im Traum. Ourson beobachtete es glücklich eine ganze Weile. Doch plötzlich zuckte Violette zusammen, stieß einen Angstschrei aus, richtete sie sich im Bett auf und warf ihre kleinen Arme um seinen Hals:

„Ourson! Guter Ourson! Rette deine arme Violette! Violette ist im Wasser und eine böse Kröte zieht an ihr!"

Violette weinte bitterlich: „Böse Kröte! Guter Ourson! Rette Violette!"

Agnella, die beim ersten Schrei bereits herbeigeeilt war, beruhigte das Kind und es erzählte seinen Traum:

„Violette ging mit Ourson spazieren, aber er schaute woanders hin. Eine böse Kröte kam und zog Violette ins Wasser. Violette rief nach Ourson und er rettete sie. Violette liebt den guten Ourson", fügte sie mit zärtlicher Stimme hinzu:

„Werde Ourson nie allein lassen!"

Mit diesen Worten warf sie sich in seine Arme. Agnella zweifelte nicht daran, dass dieser Traum eine Warnung war. Und so beschloss sie, von dem Tage an immer sorgfältig über Violette zu wachen und Ourson in nächster Zeit all das zu enthüllen, was die gute Fee ihr aufgetragen hatte.

Als Violette gewaschen und angezogen war, rief Ourson sie zum Frühstück. Rose brachte ihnen einen Krug mit frischer Milch, ein gutes Brot und einen Topf mit Butter. Violette, die großen Hunger hatte, jauchzte laut auf vor Freude:

„Violette liebt Milch, Brot, und Butter, liebt alles hier mit gutem Ourson und guter Mama Ourson!"

Ich heiße nicht Mama Ourson", sagte Agnella lachend: „Nenn mich einfach nur Mama."

„Oh, nein, nein! Nicht Mama! Mama schlief alle Zeit, ging nie spazieren, kümmerte sich nie um arme Violette. Küsste niemals kleine Violette, Mama Ourson spricht, geht spazieren, küsst Violette und zieht sie an. Ich liebe Mama Ourson sehr!", sagte Violette, ergriff Agnellas Hand und drückte sie an ihr Herz. Ourson war tief bewegt und Tränen traten in seine Augen. Augenblicks wischte Violette mit ihrem Händchen sie aus seinen Augen und sagte flehentlich:

„Bitte weine nicht, lieber Ourson. Wenn du weinst, muss Violette auch weinen."

„Nein, nein, kleines Mädchen. Ich werde nie mehr weinen. Lass uns frühstücken und dann unternehmen wir einen schönen Spaziergang."

Sie frühstückten mit gutem Appetit. Violette klatschte häufig in ihre Hände und rief:

„Oh, wie gut das ist! Ich liebe es! Ich bin sehr froh!"

Nach dem Frühstück begaben Ourson und Violette sich auf den Weg. Ourson spielte mit Violette Haschen, pflückte ihr bunte Blumen und köstliche Walderdbeeren. Und sie sagte zu ihm:

„Wir werden jetzt allezeit zusammen gehen. Ourson muss immer mit Violette spielen."

„Ich kann nicht immer mit dir spielen, kleines Mädchen. Denn ab und an muss ich Mama und Rose bei der Arbeit helfen."

„Bei welcher Arbeit, Ourson?"

„Beim Fegen, beim Fußboden wischen, beim melken der Kuh, beim Gras mähen und beim Holz und Wasser holen."

„Violette wird Ourson bei der Arbeit helfen."

„Dazu bist du noch zu klein, liebe Violette. Aber du kannst es dennoch versuchen."

Als sie zum Haus zurückkamen, begann Ourson seinen vielen Tagesaufgaben zu erledigen. Violette folgte ihm überall hin. Sie gab ihr bestes und glaubte, dass sie ihm half. Aber sie war zu unbeholfen. Nach einigen Tagen jedoch begann sie bereits die Tassen und Teller zu waschen, legte die Wäsche zusammen und wischte den Tisch ab. Sie ging mit Rose zum Melken, half die Milch zu schlagen und den Rahm zu schöpfen und wischte sogar den Fußboden. Niemals war sie schlecht gelaunt und niemals ungeduldig oder zornig. Ourson liebte sie von Tag zu Tag mehr und mehr, versuchte jeden Wunsch, auch den kleinsten, von ihren Lippen abzulesen, sie zu unterhalten und zu erfreuen. Violette ging es ganz genauso und sie tat dasselbe für ihn.

Eines Tages, als Rose und Violette gerade auf dem Markt waren, erzählte Agnella ihrem Sohn Ourson endlich von den traurigen Umständen seiner Geburt. Und sie offenbarte ihm auch die Möglichkeit, sein Bärenfell gegen die Haut eines anderen Menschen einzutauschen, wenn er jemanden fände, der dieses Opfer aus Liebe und Dankbarkeit für ihn vollbringen würde.

„Niemals“, schrie Ourson entrüstet: „Niemals werde ich einen solchen Tausch vorschlagen! Und niemals werde ich irgendeinem Wesen erlauben, sich für mich zu opfern und derart die schrecklichen Qualen der Abneigung und Furcht der Menschen zu ertragen, die ich tagtäglich erdulden muss!“

Vergeblich versuchte Agnella ihren Sohn von seinem edlen Entschluss abzubringen. Und schließlich und endlich verbot Ourson seiner Mutter empört, jemals wieder von diesem ungehörigen Tausch zu sprechen, weder zu ihm, noch zu Violette oder zu irgendeinem anderen Menschen. Agnella versprach ihm dies nur halbherzig. Gegenwärtig blieb ihr jedoch nur die Hoffnung, dass dereinst die Fee Drôlette den großzügigen und edlen Charakter ihres Sohnes durch die Entfernung seines Bärenfells belohnen würde.

In der Gewalt der Kröte

Einige Jahre gingen friedlich ins Land, ohne dass irgendetwas Nennenswertes vorgefallen wäre. Ourson und Violette wuchsen schnell heran und Agnella hatte Violettes fürchterlichen Traum und damit auch ihre notwendige Wachsamkeit längst vergessen. Ourson war nun fünfzehn Jahre alt und wohlgewachsen. Aufgrund seines schwarzbraunen Bärenfells, das seinen gesamten Körper bedeckte, konnte jedoch niemand sagen, ob er schön oder hässlich war. Auf alle Fälle war er tugendhaft, großherzig und äußert liebevoll zu jeder Kreatur, immer bereit zu helfen, allezeit zufrieden. Seit dem Tag, da er Violette im Wald gefunden hatte, war sogar seine Traurigkeit wie von Geisterhand verschwunden und er immer fröhlich. Die allgemeine Ablehnung, die er auch weiterhin von allen Seiten spürte, war ihm egal – solange nur seine Violette ihn liebte. Und so zog es ihn nicht länger in einsame Gegenden, sondern er lebte glücklich im Kreis der drei Wesen, die er liebte und die ihn über alles liebten.

Violette war nun zehn Jahre alt und hatte nichts von ihrem Liebreiz verloren. Im Gegenteil waren ihre Augen noch engelhafter, ihre Gesichtsfarbe frisch wie der Morgentau, ihr Mund noch schöner und ein wenig schalkhaft in seinem Ausdruck. Sie war groß und schlank, heiter und anmutig. Und ihr prächtiges blondes Haar, das sie wie ein Schleier umgab, reichte ungebunden bis zu ihren Füßen. In den sieben Jahren auf der Farm hatte Violette viel gelernt. Agnella hatte sie in allen Hausarbeiten unterrichtet und Ourson ihr Lesen, Schreiben und Rechnen beigebracht. Auch dachte er sich jeden Tag die wundersamsten Geschichten für sie aus. Seltsam nur war, dass, seit Violette im Hause lebte, alle Dinge, Bücher, Spielsachen, Kleidungsstücke und vieles andere mehr, augenblicks vorhanden waren, wenn man sie denn nur brauchte. Keiner mit Ausnahme von Agnella konnte sich dieses Wunder erklären.

Eines Tages, als Ourson mit Violette spazieren ging, stolperte sie über einen Stein, fiel hin und verletzte sich ihren Fuß. Ourson war erschrocken, seine geliebte Violette bluten zu sehen und wusste nicht recht, was er tun sollte. Doch dann erinnerte er sich, dass es keine hundert Schritt weit entfernt einen kleinen See gab. Am Ufer angekommen, zog er Violettes Schuh aus und badete ihren zierlichen kleinen Fuß im kühlen Wasser.

„Warte hier auf mich, liebe Violette. Ich laufe nur schnell nach Hause, um Verbandszeug zu holen. Bitte geh nicht zu weit in den See, denn er ist tief und du kannst ertrinken!“

Als Ourson außer Sichtweite war, fühlte Violette allmählich ein großes Unbehagen in sich aufsteigen, welches sie jedoch dem Schmerz ihrer Wunde zuschrieb. Da plötzlich hatte sie das unerklärliche Gefühl, augenblicks ihren Fuß aus dem Wasser ziehen zu müssen. Doch noch bevor sie diesem Impuls nachgeben konnte, trübte sich das Wasser und der Kopf einer riesigen Kröte erschien an der Oberfläche. Ihre großen hässlichen Augen blickten zornig auf Violette. Die grässliche Erscheinung dieser abstoßenden Kreatur und die Erinnerung an ihren schlimmen Krötentraum ließen Violette augenblicks erstarren, so dass sie sich für einen Moment weder zu bewegen noch zu schreien vermochte.

„Ah! Endlich bist du in meinem Reich, kleine Närrin – und glücklicherweise auch noch allein", fauchte die Kröte: „Ich bin die Fee Rageuse, der Todfeind deiner Familie. Dein kleiner dummer Ourson ist auf dem Heimweg und die Fee Drôlette auf Reisen, so dass dir hier keiner zu Hilfe kommen kann! Schon lange habe ich auf diese Gelegenheit gewartet. Nun endlich bist du mein!"

Mit diesen Worten ergriff sie Violettes Fuß und versuchte sie ins Wasser hinabzuziehen. Violette stieß einen schrillen Angstschrei aus, sträubte sich heftig und hielt sich an den Uferbüschen fest. Doch einer nach dem andern entglitt ihren Händen und Violette schrie voller Verzweiflung:

„Ourson! Hilfe, Ourson! Rette mich, rette deine arme Violette! Ich sterbe ... !"

Der letzte Strauch hatte gerade nachgegeben, die arme Violette verschwand mitsamt der Kröte im Wasser, als ein zweiter, noch verzweifelterer Schrei ihr antwortete.

Ah! Endlich bist du in meinem Reich, kleine Närrin.

Atemlos und keuchend vor Entsetzen erreichte Ourson den Ort des Schreckens und erblickte einzig noch Violettes Haare, die oben auf dem Wasser trieben. Ohne zu zögern, sprang er in den See, ergriff Violettes langes Haar und fühlte, dass er mit ihr sank. Da plötzlich erinnerte er sich des Traums, den sie vor sieben Jahren geträumt hatte. Und nun verstand er, dass die Kröte sie beide auf den Grund des Sees hinabzog. Da ergriff Ourson Violettes Arme, rief die Fee Drôlette um Beistand an. Und als sie den Grund erreichten, stieß er sich so heftig mit den Beinen nach oben, dass die Fee Rageuse Violette nicht länger zu halten vermochte. Am Ufer angekommen, bemerkte Ourson erschrocken, dass Violette das Bewusstsein verloren hatte. Ihre Augen waren geschlossen, ihre Lippen fest zusammengepresst und die Blässe des Todes lag bereits auf ihrem zarten Antlitz.

Voller Verzweiflung fiel Ourson auf die Knie und weinte bitterlich wie ein Kind. Seine einzige Freundin, sein einziger Trost und die ganze Freude seines Lebens lag leblos vor ihm! Wie sollte er ohne Violette weiterleben? Das erste Mal in seinem Leben verließ Ourson der Mut und bewusstlos sank er neben Violette zu Boden.

In diesem Moment kam eine Lerche geflogen, gab jedem mit ihrem Schnabel einen kleinen Stoß und verschwand. Ourson und Violette erwachten zur selben Zeit und als Violette ihn sah, warf sie sich in seine Arme und weinte vor lauter Glück. Auch Ourson weinte ob der unerwarteten Rettung seiner geliebten Violette. Und als es dunkel wurde, gingen beide selig Hand in Hand nach Hause. Die Wunde an Violettes Fuß war wie durch ein Wunder verheilt. Dafür hatte das Krötengift, mit dem Ourson unter Wasser in Berührung gekommen war, eine seltsame Dumpfheit in seinem Kopf hinterlassen.

Zu Hause berichteten sie Agnella und Rose von dem Geschehen, dass ihnen beiden beinahe das Leben gekostet hätte. Und noch während sich die Mutter von ihrem ersten Schreck erholte, rief Violette:

„Ach, Ourson. Danke mein guter, über alles geliebter Ourson. Wie soll ich jemals wieder gutmachen, was ich dir seit heute schulde, wie dir meine tiefe Dankbarkeit und Zuneigung beweisen? Du, der du mein Leben gerettet hast!"

„Indem du mich so liebst, wie du es jetzt bereits tust, meine liebe Violette! Im Übrigen ist es an mir, dir zu danken! Hast du nicht mein ganzes Leben verändert? Hast du mich nicht froh und glücklich gemacht – ich, der ich davor so elend und traurig war? Bist du nicht jeden Tag, jede Stunde und Minute der ganze Trost und das Glück meines Lebens?"

Als Antwort drückte Violette ihren lieben Ourson nur zärtlich an ihr Herz. Und als sie abends in ihrem Bett lag, konnte sie noch lange nicht einschlafen. Noch immer floss ihr Herz über vor Dankbarkeit und Zärtlichkeit. Und vergebens suchte sie nach einem Mittel, Oursons Hingabe angemessen zu belohnen.

Violettes Opfer

Am nächsten Morgen sprang Violette fröhlich aus dem Bett und lief ins Esszimmer, um Ourson beim Frühstück zu sehen. Agnella und Rose erwarteten sie schon. Nur Ourson fehlte.

„Wo ist Ourson, Mutter“, fragte Violette verwundert.

„Ich weiß nicht. Ich habe ihn auch noch nicht gesehen“, antwortete Agnella.

„Ich auch nicht“, stimmte Rose ein: „Ich werde ihn suchen gehen.“

Sie betrat sein Zimmer und fand ihn noch immer im Bett. Sein Kopf ruhte auf seinem Arm.

„Komm, Ourson, schnell. Wir warten schon mit dem Essen auf dich.“

„Ich kann nicht kommen“, sagte Ourson mit schwacher Stimme: „Mir ist so schwindlig.“

Rose stob besorgt davon, um Agnella und Violette zu holen. Um alle zu beruhigen, versuchte Ourson gewaltsam aufzustehen. Doch kraftlos fiel er ins Bett zurück.

„Es ist das Gift der Kröte“, sagte Ourson mit schwacher Stimme.

„Du hast hohes Fieber“, rief Agnella sorgenvoll und meinte, dass Ourson unbedingt im Bett bleiben müsse. Violette wollte nicht von seiner Seite weichen:

„Ich bin die Ursache deiner Krankheit, mein lieber Ourson. Ich bleibe solange bei dir, bis du wieder gesund bist!“

Agnella und Rose schauten in immer kürzeren Abständen nach Ourson. Schon bald erkannte er sie nicht mehr. Er fantasierte! Jeden Moment rief er flehentlich nach Violette und Agnella, obwohl sie ihn in ihren Armen hielten. Und am dritten Tag kündigten sein schwerer Atem und sein lebloser Blick bereits den nahen Tode an. Violette lag auf ihren Knien, die haarige Hand Oursons in ihren zarten weißen Händen, und bedeckte ihn mit Tränen und Küssen. Doch mitten in dieser tiefen Trostlosigkeit unterbrach plötzlich ein heller Gesang die trauervolle Stille des Sterbezimmers. Violette sprang auf und sah eine Lerche auf dem geöffneten Fensterladen sitzen.

„Violette!“, rief der Vogel.

Violette erschrak.

„Violette“, wiederholte erneut die sanfte Stimme der Lerche: „Liebst du Ourson?“

„Ob ich ihn liebe, Frau Lerche? Ach! Ich liebe ihn mehr als irgendjemand auf der Welt, mehr als mich selbst, mehr als mein ganzes Leben!“

„Würdest du Oursons Leben retten für den Preis deines eigenen Glücks?“

„Ja, liebend gern, selbst wenn es mein Leben kosten sollte!“

„Dann höre, Violette. Ich bin die gute Fee Drôlette. Das Gift der Fee Rageuse wird noch heute Oursons Tod herbeiführen. Nichtsdestotrotz, liegt es in deiner Macht, sein Leben zu retten. Doch nur wenn deine Gefühle der Dankbarkeit und Liebe tief und aufrichtig sind!"

„Oh Madame! Schnell, schnell, sage mir, was ich tun soll, um meinen lieben Ourson zu retten!"

„Bedenke, dass, wenn du Ourson jetzt rettest, du schon bald einen noch schwereren Beweis deiner Liebe für ihn erbringen musst. Dies ist dann das allerschlimmste Opfer!"

„Nichts Schlimmeres kann es für mich geben, als meinen lieben Ourson zu verlieren. Doch wenn ich ihn rette, ist alles, was ich dafür erleiden muss, nur Glück und reine Freude!"

„Gut, mein Kind, sehr gut!", antwortete die Fee: „Dann küsse jetzt sein linkes Ohr dreimal und sage bei jedem Kuss: ‚Durch dich! Mit mir! Für dich!' Doch denk noch einmal nach, Violette, bevor du diese Heilung vornimmst. Denn solltest du nicht bereit sein für das allerschwerste Opfer, wird das allergrößte Unglück über dich hereinbrechen. Und die böse Fee Rageuse wird die Herrin deines Lebens!"

Als einzige Antwort faltete Violette ihre Hände über der Brust, schenkte der Fee einen Blick voller Dankbarkeit, küsste dreimal Oursons linkes Ohr und flüsterte in liebevollem Ton:

„Durch dich! Mit mir! Für dich!"

Kaum hatte sie die Worte ausgesprochen, als Ourson einen tiefen Seufzer ausstieß, seine Augen öffnete, Violettes Hände ergriff und zitternd an seine Lippen führte:

„Violette, liebe Violette! Es scheint mir, als ob ich aus einem langen Traum erwacht bin. Warum bist du so blass und dünn? Deine Wangen sind ganz eingefallen, du scheinst gealtert. Und deine Augen sind rot vom Weinen."

„Leise!", sagte Violette: „Weck Mutter nicht auf. Sie ruht nebenan, denn sie hat lange Zeit nicht schlafen können. Du warst sehr krank, Ourson!"

„Und du, liebe Violette, hast du geschlafen?"

Violette errötete und zögerte:

„Wie kann ich schlafen, lieber Ourson, wenn ich die Ursache all deiner Leiden war?"

Ourson blieb still, schaute sie zärtlich an und küsste ihre Hände.

Kurz darauf kam Agnella, die Stimmen gehört hatte, ins Zimmer und glaubte zu träumen. Doch Violette erzählte ihr, dass Ourson von der guten Fee Drôlette geheilt worden sei und verschwieg den Rest der Wahrheit, um Ourson keine Sorgen zu bereiten. Nach diesem Erlebnis liebten sich Ourson und Violette nur noch zärtlicher. Sie waren wie zwei Seiten eines Ganzen und trennten sich nur noch, wenn ihre Arbeit es unbedingt verlangte.

Das rasende Wildschwein

Zwei weitere Jahre gingen ins Land. Eines Tages war Ourson im Wald, um Holz zu sammeln. Violette sollte ihm das Essen bringen und am Abend mit ihm gemeinsam nach Hause zurückkehren. Gegen Mittag packte Violette einen Korb voll Wein, Brot, einem Töpfchen Suppe und einigen Kirschen und machte sich auf den Weg. Kaum konnte sie es erwarten, wieder bei Ourson zu sein. Aus diesem Grund nahm sie eine bekannte Abkürzung quer durch den Wald, der aus großen dunklen Bäumen bestand. Leichtfüßig schritt Violette über den weichen Moosboden. Als sie die Hälfte des Weges zurückgelegt hatte, spürte sie plötzlich schwere Schritte sich nähern. Und als sie sich umdrehte, erblickte sie ein mächtiges Wildschwein mit feuerrot glühenden Augen. Wütend durchwühlte es den Boden mit seinen großen Stoßzähnen, schnaubte gar grässlich, stieß einen schrecklichen Schrei aus und stürzte sich auf Violette. Im letzten Moment konnte die sie sich auf einen Baum retten, kletterte von Ast zu Ast, bis sie außer Reichweite war.

Im letzten Moment konnte sich Violette auf einen Baum retten.

Das wilde Tier jedoch warf sich mit seinem ganzen Gewicht immer aufs Neue gegen den Stamm, zerfetzte mit seinen gewaltigen Stoßzähnen seine Rinde. Und als es sah, dass es nichts auszurichten vermochte, legte es sich müde am Fuße des Baumes nieder. Viele Stunden vergingen in dieser quälenden Situation, ohne dass Violette einen Geräusch von sich zu geben wagte.

Doch endlich fasste sie sich ein Herz und rief nach ihrem lieben Ourson. Augenblicks begann das Wildschwein erneut gegen den Baum zu wüten. Und mit jedem Hilferuf Violettes wurden seine Stöße immer gewalttätiger. Schon war abzusehen, dass der Baum kurz über lang zusammenbrechen würde. Doch oje! Ourson war viel zu weit weg, um Violette zu hören.

Während sie um ihr Leben bangte, wunderte sich Ourson sehr, warum Violette denn nicht mit dem Essen kam.

„Kann sie mich vielleicht vergessen haben?", fragte er sich selbst. „Nein, niemals. Das hat sie noch nie getan. Also muss ihr etwas zugestoßen sein!"

Überstürzt rannte Ourson los, verließ von einer unerklärlichen Ahnung getrieben den regulären Weg und rannte quer durch den dichten Wald. Schon bald glaubte er klagende Schreie zu vernehmen. Er hielt inne, lauschte, sein Herz schlug heftig. Da erkannte er Violettes Stimme, die sich mit dem Brüllen eines wilden Tieres mischte. Mit der Geschwindigkeit der Verzweiflung stürmte Ourson in Richtung der Geräusche und erblickte das Wildschwein, und über diesem seine liebe Violette, die sich glücklicher Weise noch in Sicherheit befand. Dieser Anblick gab ihm neue Kraft. Und so beschwor er den Schutz der guten Fee Drôlette und stürzte sich mit der Axt in der Hand auf das Wildschwein. Das wilde Tier brüllte fürchterlich, rieb seine gewaltigen Stoßzähne knirschend aneinander und sprang auf Ourson zu. Schon empfing es einen gewaltigen Schlag auf seinen Kopf. Aber seine Knochen waren so hart, dass es diesen kaum zu spüren schien. Die Gewalt des Angriffs hatte Ourson hingegen niedergeworfen und das Wildschwein gab ihm keine Zeit zum Aufstehen. Als Violette sah, wie das Wildschwein auf dem armen Ourson herumsprang und ihn mit seinen Stoßzähnen in Stücke zu reißen versuchte, fiel sie vor Schreck in Ohnmacht. Auch Ourson betrachtete sich als verloren und betete einzig noch für Violettes Sicherheit. In dem Moment erklang ein spöttisches Lied in den Lüften. Das Wildschwein erbebte, hob seinen Kopf. Als es aber die Lerche über sich erblickte, stieß einen ohrenbetäubenden Wutschrei aus und trottete laut schnaubend von dannen. Ourson fühlte keinen Schmerz und sprang sofort auf, um Violette zu helfen. In diesem Moment flog die Lerche auf ihn zu und flüsterte:

„Ich bin die Fee Drôlette und habe dich soeben vor der Fee Rageuse gerettet. Nutze nun flink Violettes Dankbarkeit und tausche dein Bärenfell mit ihrer schönen weißen Haut. Sie wird dem Tausch freudig zustimmen."

„Niemals, nein", schrie Ourson voller Qualen: „Eher bleibe ich ein Leben lang ein Bär, als dass ich so niederträchtig Violettes Liebe missbrauchen würde. Geh weg, Fee und lass mich zufrieden mit derlei herzlosen Ratschlägen!"

„Dann adieu halsstarriger Ourson! Wir werden uns wiedersehen und dann ...", säuselte die Lerche spöttisch.

„Dann wird das Ergebnis das Gleiche sein", rief Ourson ihr hinterher, kletterte auf den Baum, nahm Violette in seine Arme und legte sie unten auf das weiche grüne Moos. Kurz darauf kam Violette bereits wieder zu sich und wollte ihren Augen kaum trauen:

„Ourson! Mein lieber Ourson, du lebst! Und schon wieder hast du mein Leben gerettet. Oh! Sage mir, wie ich meine große Dankbarkeit dir gegenüber beweisen kann?"

„Sprich nicht von Dankbarkeit, Violette. Habe ich nicht all mein Glück durch dich? Indem ich dein Leben rettete, rettete ich mein eigenes und alles, was mir lieb und wichtig ist!"

Ourson legte Violette auf das weiche grüne Moos.

„Alles, was du sagst, lieber Ourson, erfreut mich sehr. Doch sehne ich mich danach, dir mit einen außerordentlichem Dienst all die Dankbarkeit und Liebe zu beweisen, mit der mein Herz erfüllt ist.“

„Gut! Gut! Wir werden sehen“, rief Ourson lachend: „Lass uns nun schnell nach Hause gehen, bevor sich Agnella und Rose Sorgen machen.“

Und dies war auch der Grund, warum sie ihnen nichts von ihren Erlebnissen erzählten.

Die Feuersbrunst

Von dem Tag an verbat Ourson Violette, allein in den Wald zu gehen und sie verließ niemals die Farm ohne ihn. Drei Jahre nach diesem Ereignis überraschte Violette Ourson blass und sorgenvoll:

„Erinnerst du dich an den Traum von der Kröte und dem See aus meiner Kindheit? Letzte Nacht träumte ich wieder von ihr. Es ist so schrecklich, lieber Ourson! Dein Leben ist bedroht! Wenn du stirbst, werde auch ich sterben!"

„Was erzählst du, Violette? Durch wen ist mein Leben bedroht?"

„Heute Nacht im Traum sagte die Kröte zu mir: ‚Der Augenblick naht, da Ourson seine natürliche Haut wiedererlangen wird. Diese Verwandlung kann nur durch dich geschehen. Doch da ich euch beide hasse, werde ich dies zu verhindern wissen! Ourson wird sterben, noch bevor du dein Opfer vollbringen kannst!'

Ich erwachte und eilte sofort zu dir, um dich vor der Rache der Fee Rageuse zu warnen."

Ourson war sehr beunruhigt, nicht etwa durch seinen angekündigten Tod, sondern durch Violettes Opfer, das die Fee Rageuse prophezeite. Nur zu gut verstand er, was sie damit gemeint hatte. Der Gedanke an seine liebe, schöne Violette gehüllt in seine schreckliche Bärenhaut, ließ ihn erschauern. Violette, die ihn genau beobachtet hatte, warf sich seufzend an seine Brust.

„Oje! Mein lieber Ourson. Nun zitterst auch du vor Angst? Hast du keine Lösung, wie wir dem grausamen Schicksal entgehen können?"

„Es ist nicht die Angst, die mich erzittern lässt, sondern ein Wort der Fee Rageuse, dessen Bedeutung du nicht kennst. Wisse, dass die Drohung an dich andressiert war, meine Violette. Ich zittere allein um dich!"

Violette verstand sehr wohl, dass Ourson damit das Opfer meinte, das sie vollbringen sollte. Und nicht nur das, sie wusste auch worin es bestand. Denn die böse Fee hatte ihr zugleich verraten, dass sie anstatt seiner das Bärenfell tragen müsste. Doch dieses Geheimnis verschwieg sie, um Ourson nicht zu beunruhigen. Tatsächlich schien nun der Zeitpunkt ihres Opfers zu nahen, da sie das Versprechen einlösen musste, dass sie der Fee Drôlette einst gegeben hatte. Anstatt vor Angst zu zittern, fühlte sie die lebhafteste Freude. Endlich konnte sie Ourson zurückgeben, was sie schon immer wollte. Und in der Folgezeit sprach sie zärtlicher zu ihm denn je zuvor.

Je älter Ourson geworden war, desto mehr Sorgen hatte sich Agnella über sein Schicksal gemacht:

„Nun ist er bereits zwanzig Jahre alt. Und noch immer weigert er sich, mit Violette seine Haut zu tauschen", sagte sie zu Rose: „Wenn er nicht bald seine Halsstarrigkeit aufgibt, wird er seine Bärenhaut wohl bis zu seinem Tode tragen müssen."

Agnella weinte oft bei diesen trüben Gedanken, doch ihre Tränen brachte keine Erleichterung. An dem Tag, an dem Violette ihren schrecklichen Traum gehabt hatte, war die Fee Drôlette in Agnellas Traum erschienen:

„Nur Mut, Königin! In wenigen Tagen wird Ourson sein Bärenfell verlieren und du kannst ihm bei seinem wahren Namen Prinz Merveilleux nennen."

Seit diesem Traum war Agnella voller Hoffnung und verdoppelte ihre Zärtlichkeit gegenüber Violette in dem Glauben, dass sie ihr in Kürze das Glück ihres Sohnes zu verdanken haben würde. Derart gingen an diesem Abend Violette, Ourson und Agnella mit ganz unterschiedlichen Gefühlen zu Bett.

Mitten in der Nacht wachte Violette auf und sah erschrocken, dass das Haus lichterloh brannte. Sie rief nach Ourson, Rose und Agnella, doch nur die letzteren beiden erschienen. Schon bald wurde deutlich, dass sie vollkommen von den Flammen eingeschlossen waren und nicht einmal Ourson zu Hilfe eilen konnten.

„Mein Sohn! Mein lieber Sohn!", schrie Agnella entsetzt.

„Mein geliebter Ourson!", rief Violette flehend. Ihr schrecklicher Albtraum vom Tode Oursons schien bereits in Erfüllung zu gehen. Und so murmelte sie leise: „Adieu, mein allerliebster Freund! Adieu für immer!"

Doch auch Ourson war durch den Rauch und die Flammen aufgewacht. Zum Glück hatte er wegen der kranken Kuh die Nacht ausnahmsweise im Stall geschlafen. Sein erster Antrieb war es, zur Haustür zu laufen, doch die stand bereits in Flammen. Und so sprang er auf eine Leiter und kletterte über die Flammen hinweg in ein offenes Bodenfenster. Glücklich erreichte er den darunter liegenden Raum, in dem Violette, Agnella und Rose sich gegenseitig umarmend den Tod erwarteten. Ourson riss sie mit sich und schon nach wenigen Minuten waren sie die Leiter hinab gestiegen und in Sicherheit. Doch mussten sie mit ansehen, wie ihr Haus Schritt für Schritt von den Flammen verschlungen wurde. Violette drückte zärtlich Oursons Hand und führte sie an ihre Lippen. Als Agnella dies sah, glaubte sie endlich die rechte Gelegenheit für gekommen und sprach:

„Liebe Violette, Ourson ist glücklich in deiner Liebe. Und ich fühle, dass du deinerseits glücklich sein würdest, dich für ihn zu opfern ..."

Bevor Agnella zu Ende sprechen konnte, unterbrach Ourson sie bereits voller Leidenschaft:

„Mutter, sag niemals wieder zu Violette, dass sie sich für mich opfern solle! Du weißt ganz genau, dass schon allein der Gedanke mich tief unglücklich macht!"

Anstatt zu antworten, schrie Agnella plötzlich verstört auf:

„Die Schatulle! Rose, die Schatulle! Hast du die Schatulle gerettet?"

„Oh nein, Madame. Ich habe sie vergessen!"

Agnellas Antlitz war so voller Sorge, so dass Ourson sie augenblicks nach der Schatulle fragte.

„Sie war ein Geschenk der Fee Drôlette und sollte das Glück Violettes enthalten. Ich hatte das Kästchen unter meinem Kleiderschrank versteckt. Oje! Wie konnte ich es nur vergessen?"

Sie hatte die Worte kaum ausgestoßen, als der mutige Ourson bereits in Richtung des brennenden Hauses rannte und ungeachtet der Bitten und Tränen Violettes, Agnellas und Roses in den tosenden Flammen verschwand. Eine schreckliche Stille folgte dieser Tat. Violette fiel auf die Knie, ihre Arme auf das brennende Haus gerichtet. Agnella schaute mit angespanntem Blick auf die Öffnung, in der Ourson verschwunden war und Rose versteckte ihr Gesicht in den Händen. Einige Augenblicke vergingen, die den drei Frauen wie ganze Zeitalter erschienen. Doch Ourson erschien nicht. Das unaufhörliche Prasseln des brennenden Holzes und das Aufblitzen der Flammen ließen jede Hoffnung schwinden. Da plötzlich gab es ein schreckliches Geräusch und Violette und Agnella stießen einen letzten Schrei der Verzweiflung aus. Das brennende Dach war eingefallen und hatte Ourson unter den Trümmern begraben. Die Stille des Todes folgte dieser furchtbaren Katastrophe. Die Flammen wurden kleiner, dann erstarben sie völlig. Kein Geräusch unterbrach nunmehr die Verzweiflung Violettes und Agnellas, die sich gegenseitig in die Arme fielen und heftig zu schluchzen begannen. Einzig Rose betrachtete noch nachdenklich die rauchenden Ruinen.

„Lasst uns den Ort verlassen", sagte sie schließlich.

Agnella und Violette antworteten nicht. Da versuchte Rose sie wegzuführen.

„Komm, Violette, lass uns Schutz im Stall suchen. Die Nacht ist kalt und dunkel."

„Was für einen Schutz soll ich noch benötigen?", sagte Violette verzweifelt: „Was bedeutet für mich die Nacht oder der nächste Morgen? Es gibt keine glücklichen Tage mehr für mich! Die Sonne wird nur noch scheinen, um meine Verzweiflung zu beleuchten!"

„Aber, bleiben wir hier, werden wir irgendwann Hungers sterben, Violette. Trotz des bittersten Kummers müssen wir an die Notwendigkeiten des Lebens denken."

„Besser vor Hunger zu sterben als vor Kummer! Ich werde diesen Ort nicht mehr verlassen, an dem mein armer Ourson aus Liebe zu mir zugrunde ging."

Agnella erhob sich:

„Dein großer Kummer ist berechtigt, meine Tochter. Niemals schlug ein edleres und großzügigeres Herz in einem Menschen als in Oursons armem, gequältem Körper. Und er liebte dich mehr als sich selbst. Um dir den Kummer zu ersparen, opferte er sein Glück und sein Leben."

Agnella erzählte Violette nun von dem Geschehen, welches Oursons Geburt vorausgegangen war und von Oursons ständigen Bitten, Violette niemals etwas von der Möglichkeit ihres Opfers mitzuteilen. Unmöglich waren die Gefühle der liebevollen Zärtlichkeit und Trauer zu beschreiben, die Violettes Herz nach dieser vertraulichen Mitteilung erfüllten. Und sie weinte noch bitterlicher als je zuvor.

„Und nun, meine arme Tochter", fuhr Agnella fort: „bleibt uns nur noch die letzte Pflicht zu erfüllen, unseren geliebten Ourson zu begraben. Lasst uns die Trümmer und Asche wegräumen, bis wir die sterblichen Überreste meinen armen Sohnes gefunden haben ..."

Schluchzer unterbrachen ihre Rede. Unmöglich war es Agnella weiterzureden. Und Rose führte sie sanft in den Stall.

Der versteckte Brunnen

Als es hell wurde, schritten Agnella, Violette und Rose erneut in Richtung des verbrannten Farmhauses. Mit dem Mut der Verzweiflung entfernten sie die rauchenden Trümmer, ohne das sich auch nur eine Spur von Ourson zeigte. Da plötzlich vernahm Violette ganz am Ende des ehemaligen Hauses ein gepresstes Stöhnen und als sie darauf zuging, erblickte sie direkt unter einer großen halbverbrannten Planke ein kleines Loch, welches sie schnell vergrößerte. Es war die Öffnung zu einem geheimnisvollen Brunnen, den keiner je zuvor gesehen hatte, da er immer von dem Fußboden bedeckt gewesen war. Violettes Herz schlug heftig und von einer vagen Hoffnung angetrieben rief sie mit schwacher Stimme:

„Ourson! Ourson!“

„Violette! Liebe Violette!“, erklang es ganz leise: „Hier bin ich! Ich bin gerettet. Doch kann ich nicht allein aus dem Brunnen heraussteigen. Er ist viel zu tief.“

Violette seufzte schwer. Und während sie ein Dankgebet zum Himmel hinaufschickte, schossen Tränen des Glücks aus ihren wunden Augen.

„Oh glückliches Schicksal! Welch wundersame Fügung“, riefen nun auch Agnella und Rose.

Schon stürzten Violette und Rose zum Stall, holten eine große Leiter und ließen sie in den dunklen Brunnen hinab.

Mit traurigem Blick stieg Ourson die lange Leiter empor und murmelte: „Die Schatulle ist verloren und damit auch dein Glück, meine Violette. Ich konnte sie nicht finden ...“

„Mein Glück bist du allein“, rief Violette freudestrahlend und umarmte ihren von den Toten auferstandenen Ourson. Und im Stillen dachte sie, dass sie nun endlich das große Opfer für Ourson ungeachtet seines Widerstands vollbringen würde.

Da unterbrach die praktisch denkende Rose Violettes geheimsten Gedanken:

„Schaut, das Hause liegt in Trümmern und wir haben nichts mehr als den Stall und unsere liebe Kuh. Früher wurden wir mit allem versorgt, was wir benötigten, noch bevor wir überhaupt Zeit hatten, darüber nachzudenken. Doch nun ...“

In dem Moment schaute Agnella auf ihre Hand und zuckte erschrocken zusammen. Der Ring war verschwunden! Ourson und Violette, die ihre Bestürzung bemerkt hatten, wollten den Grund dafür wissen. Mit wenigen Worten berichtete Agnella von dem Geschenk der guten Fee Drôlette, dass der Ring sie immer mit allen notwendigen Dingen des Lebens versorgt hatte:

„Oje! Ich hab ihn verloren. Was sollen wir nun tun?“

„Hab keine Angst, Mutter“, sagte Ourson: „Bin ich nicht groß und stark? Ich werde mir eine Arbeit suchen, euch davon ernähren und unser Haus wieder aufbauen.“

Und noch bevor Agnella und Violette etwas dazu sagen konnten, hatte er sich bereits von ihnen verabschiedet und machte sich auf den Weg.

„Auf Wiedersehen, Violette, meine Liebe! Schon bald werden uns wiedersehen.“

Die Boshaftigkeit der Welt

Ourson lief drei Stunden, bis er eine große schöne Farm erreichte. Der Farmer saß mit seiner Familie vor dem Haus beim Essen. Als die Kinder Ourson erblickten, stießen sie einen Angstschrei aus und flohen mit ihrer Mutter ins Haus. Der Vater hingegen ergriff eine Mistgabel und erwartete Oursons Angriff, da er ihn als ein wildes Tier betrachtete.

„Guter Mann, ich bin kein Bär, wie ihr glaubt, sondern ein armer Junge auf der Suche nach Arbeit. Ich wäre sehr froh, wenn ihr mir eine Beschäftigung geben könntet", rief Ourson ihm freundlich zu.

Der Farmer war sehr überrascht, den Bären sprechen zu hören und wusste im ersten Moment nicht, ob er fliehen sollte:

„Wer bist du und woher kommst du?"

„Ich komme von der Waldlandfarm und bin Agnellas Sohn."

„Ach, dann warst du es also, der in seiner Kindheit meine Kinder auf dem Markt zu Tode erschreckte. Warum kommst du zu mir, wo du die ganzen Jahre über auch ohne meine Hilfe in den Wäldern leben konntest?

„Unser Haus ist abgebrannt. Und so muss ich Geld verdienen, um alles wieder aufzubauen und um meine Familie zu ernähren. Glaube mir! Ich werde alles tun, was du mir aufträgst."

„Glaubst du wirklich, dass ich ein so abscheuliches Tier wie dich, das meine Familie und meine Diener zu Tode erschreckt, in meine Dienste nehmen würde? Nein, mein Junge, niemals! So dumm bin ich nicht! Also genug davon, verschwinde und lass uns weiteressen."

„Guter Mann, seid doch bitte so gnädig und gebt mir irgendeine Arbeit weit weg von allen Menschen. Dann wird auch niemand sich vor mir fürchten können."

„Wirst du wohl zu sprechen aufhören, böser Bär? Verschwinde sofort, wenn du nicht meine Mistgabel zwischen deinen Rippen fühlen willst!"

Der arme Ourson senkte seinen Kopf. Tränen der Demütigung, Scham und Enttäuschung traten in seine sanften Augen. Langsam zog er sich zurück, verfolgt von dem rauen Gelächter der Farmarbeiter. Und als er außer Sichtweite war, konnte er seine Tränen nicht länger zurückhalten.

Ourson lief weiter, so lange, bis er eine Burg erreichte, vor der viele Arbeiter mit den unterschiedlichsten Tätigkeiten beschäftigt waren.

„Dies sieht aus wie ein Ort, an dem ich bestimmt irgendeine Arbeit finden werde", sagte sich Ourson: „Überdies erblicke ich hier weder Frauen noch Kinder, die sich vor mir fürchten könnten."

Ourson näherte sich einem Mann, der ihm der Vorsteher zu sein schien.

„Herr“, sagte er.

Der Mann schaute auf, sprang erschrocken einen Schritt zurück und starrte mit größter Überraschung auf Ourson.

„Wer bist du und was willst du?“, fuhr er ihn mit grober Stimme an.

„Herr, ich bin der Sohn Agnellas, der Besitzerin der Waldlandfarm.“

„Gut! Und was hat dich hierher geführt?

„Unser Haus ist abgebrannt, Herr. Ich suche Arbeit, um es wieder aufbauen zu können und um meine Familie zu ernähren. Bitte geben sie mir eine Beschäftigung.“

„Eine Beschäftigung einem wilden Bären geben? Wie geht denn so was?“

„Aber Herr, ich habe nur das Aussehen eines Bären. Unter diesem groben Äußeren, das dir so abstoßend erscheint, schlägt ein menschliches Herz, das Liebe und Dankbarkeit empfindet. Ich verspreche, dir keinen Grund zu geben, dich über meine Arbeit oder meinen guten Willen beschweren zu können.“

Während der Vorsteher noch mit spöttischem Blick Ourson zuhörte, begannen auf einmal direkt neben ihm die Pferde zu tänzeln, so dass die Stallknechte sie kaum mehr zu halten vermochten. Schließlich rissen sich einige los und flohen voller Angst in den Wald.

„Es ist der Bär! Der Bär ist es!“, schrien die Stallknechte wild durcheinander: „Er hat die Pferde erschreckt. Jagt ihn sofort fort vom Hofe!“

„Hast du nicht gehört? Los, fort mit dir, widerlicher Bär", schrie der Vorsteher voller Wut.

Ourson war verwirrt und stand einen Moment regungslos da.

„Ha! Du willst nicht gehen", brüllte der Mann hasserfüllt: „Warte nur, du haariges Ungeheuer. Gleich werde ich dich das Laufen lehren. Hallo Männer! Hetzt die Hunde auf die wilde Bestie. Ha, ha! Da seht nur, wie schön der Bär laufen kann!"

Tatsächlich zog sich Ourson mehr tot als lebendig vor der grausamen Hundemeute zurück. Selbst nach zwanzig Jahren konnte er noch immer nicht verstehen, warum die Menschen nur wegen seines Äußeren so grausam zu ihm waren. Selbst ein wildes Tier verdiente mehr Respekt und Zuneigung, als man ihm erwies. War nun auch der zweite Versuch gescheitert, ließ sich Ourson dennoch nicht entmutigen:

„Mir bleiben noch immer etwa drei Stunden bis Sonnenuntergang – genügend Zeit, um heute eine Arbeit zu finden."

Diesmal wendete er seine Schritte in Richtung einer großen Schmiede, die östlich von der Waldlandfarm lag. Ourson wusste, dass der Schmiedemeister dort eine große Zahl an Arbeitern beschäftigte, und dass er die Arbeit nicht aus Nächstenliebe, sondern aus reiner Geldgier vergab. Als der arme Ourson die Schmiede erreichte, stand der Meister gerade vor der Tür und bestrafte einen Angestellten.

„Herr, hast du irgendeine Arbeit für mich?"

„Gewiss. Was kannst du denn?"

Der Meisterhob seinen Kopf, da er ohne sein Gegenüber zu sehen geantwortet hatte. Als er Ourson erblickte, hielt er im Reden inne. Seine Augen blitzten vor Wut und er schrie:

„Was für eine Dummheit ist das? Sind wir hier im Karneval, dass ein Arbeiter es wagt, in einer solch lächerlichen Maskerade vor mich zu treten? Zieh sofort das hässliche Bärenkostüm aus oder ich werde dein Fell in meinem Schmiedefeuer kräuseln."

„Oh Herr, es handelt sich um keine Maskerade", antwortete Ourson traurig: „Tatsächlich ist dies mein normales Äußeres. Doch wenn du menschlich genug bist, mich zu beschäftigen, zeige ich dir, dass meine Kraft genauso groß ist wie mein guter Wille."

„Ich gebe dir Arbeit, du abscheuliches Tier", schrie der Schmiedemeister, schäumend vor Wut: „Ich werde dich in einen Sack stecken und zu einer Tierschau senden. Oder aber ich lass dich zusammen mit deinen Bärenbrüdern in eine Grube werfen. Dort wirst du dann genug Arbeit haben, dich vor ihren Klauen zu verteidigen. Los, verschwinde, grässlicher Bär!"

Wäre der arme Ourson nicht augenblicks davon gelaufen, der Hammer des Schmiedemeisters hätte ihm noch einen schweren Schlag versetzt.

Das größte Opfer

Entmutigt und erschöpft wendete Ourson seine Schritte endlich heimwärts. Er lief langsam und kam spät auf der Farm an. Ahnungsvoll lief ihm Violette entgegen, sah an seinem Gesicht, wie schrecklich der Versuch eine Arbeit zu finden ausgegangen war, nahm ihn bei der Hand und führte ihn ohne ein Wort zu ihrer Lieblingswiese nahe der Farm am Waldrand. Dort fiel sie auf die Knie, zog Ourson zu sich herab und rief:

„Gute Fee Drôlette! Von der Fee Rageuse erfuhr ich, dass es in meiner Kraft liegt, meinem lieben Ourson seine natürliche Haut und Schönheit wiederzugeben. So höre denn, dass es mich verlangt, diesen Tausch augenblicks hier und jetzt zu vollziehen. Ich möchte das Bärenfell an seiner statt tragen. Nichts schöneres gibt es für mich, als dieses Opfer zu vollziehen und damit meinem innig geliebten Ourson endlich meine unendliche Liebe und Dankbarkeit zu bezeugen. Drum, Fee Drôlette, flehe ich dich an, diesen Tausch unverzüglich zu vollenden!“

„Violette! Violette!“, rief Ourson in größter Erregung: „Nimm diese schrecklichen Worte sofort zurück! Du weißt nicht, was du dir damit aufbürdest. Du kennst nicht die beispiellosen Qualen eines Lebens in Ängsten, Traurigkeit und Einsamkeit, zu denen du dich selbst verdammen würdest. Ja, du erahnst nicht einmal die unaufhörliche Trostlosigkeit, in die du fällst, wenn du dich als Gegenstand der Furcht und Abscheu der ganzen Menschheit erleben wirst!

„Lieber Ourson“, sagte Violette sanft aber bestimmt: „Indem ich dieses große Opfer vollbringe, erfülle ich mir nur meinen Herzenswunsch und sichere mein eigenes Glück!“

„Violette, Violette, halte ein für einen Augenblick. Ich flehe dich an! Habe doch wenigstens Mitleid mit mir und nimm deine grausamen Worte zurück! Denk an den Kummer, den du mir bereitest, wenn ich nicht mehr meine wunderschöne Violette anschauen darf, wenn ich dich den Spötteleien und der Verachtung der Menschen ausgeliefert sehe. Oh, Violette! Verdamme deinen armen Ourson nicht zu diesen Qualen!“

Für einen Moment verschleiert sich das liebenswürdige Antlitz Violettes voll Traurigkeit. Die Furcht, dass Ourson vielleicht Abscheu ihr gegenüber empfinden könnte, ließ ihr unschuldiges Herz erzittern. Doch dieser Gedanke war ganz und gar äußerlich und konnte nicht über ihre liebevolle Ergebenheit siegen. So war ihre einzige Antwort, sich Ourson in die Arme zu werfen und zu seufzen:

„Ach, Ourson, umarme deine schöne Violette ein letztes Mal!“

Noch während Ourson sie fassungslos in seinen Armen hielt und sie anflehte, ihn doch seine Bärenhaut zu lassen, in der er zwanzig Jahre lang gelebt hatte, rief Violette noch einmal mit lauter Stimme:

„Fee Drôlette! Fee Drôlette! Komm und nimm mein Opfer an für das Glück meines lieben Ourson!"

In dem Moment erschien die wunderschöne Fee in all ihrer Pracht und Herrlichkeit. Sie saß in einer goldenen Kutsche, gezogen von hundertfünfzig Lerchen. Ihr Kleid schimmerte wie Schmetterlingsflügel in den allerleuchtendsten Farben, Die Diamanten ihres Mantels erstrahlten wie tausend Sonnen und auf ihrem goldblonden Haar funkelte eine Krone aus den kostbarsten Rubinen wie glühendes Abendrot. Voller Zufriedenheit und zärtlichster Hochachtung richtete sie ihren Blick auf Violette:

„Du wünscht es also, meine Tochter?", fragte sie feierlich.

„Madame", schrie Ourson und fiel vor ihr auf die Knie: „Du, die du mein ganzes Leben über mich gewacht und mich mit unverdienten Wohltaten überschüttet hast, die du immer gerecht und gut zu mir gewesen bist. Willst du tatsächlich dem wahnwitzigen Wunsch meiner lieben Violette nachgeben und mein und ihr Leben zugleich zerstören? Bitte zwinge mich nicht, dieses schrecklichste aller Opfer anzunehmen!"

Während Ourson auf diese Weise flehte, berührte die Fee Violette und Ourson leicht mit ihrem Zauberstab. Dann sagte sie:

„Lass es getreu dem Wunsch deines Herzens geschehen, meine ergebene Tochter! Lass es entgegen deinem leidenschaftlichen Aufbegehren geschehen, mein lieber Sohn!"

Im selben Augenblick waren das Gesicht, die Arme und der gesamte Körper dieses liebenswürdigen jungen Mädchens mit schwarzbraunem Bärenfell bedeckt. Ourson hingegen erstrahlte in einer weißen zarten Haut, die erstmalig seine ganz und gar außergewöhnliche Schönheit zum Vorschein brachte. Voller Bewunderung schaute Violette auf Ourson, während er sie mit niedergeschlagenen, tränenüberströmten Augen nicht anzublicken wagte. Verzweifelt warf er sich in ihre Arme und beide weinten mehrere Stunden, bis Violette Agnella erblickte, die scheinbar schon eine ganze Weile die rührende Szene still beobachtet hatte:

„Danke, meine Tochter, meine großartiges, großherziges Kind!"

„Mutter", sagte Violette mit leiser Stimme: „Liebst du mich noch?"

„Ob ich dich noch liebe? Ja, hundert mal mehr als je zu vor!"

Und Ourson fügte ernst hinzu: „Violette, habe keine Angst! Niemals wirst du in meinen Augen hässlich sein! Im Gegenteil bist du tausendmal schöner für mich durch deine unvergleichliche Reinheit und Ergebenheit. Alle Zeit wirst du meine allerbeste Freundin, der liebste Begleiter meines Lebens sein!"

Die Feenschlacht

Violette wollte gerade antworten, als eine schreckliches Brausen in den Lüften erklang. Und kurz darauf stürzte bereits eine gewaltige Kutsche aus Krokodilshaut vom Himmel herab, gezogen von fünfzig gewaltigen Kröten, die böse zischten und ihr Gift in alle Richtungen versprühten. Ihr entstieg die Fee Rageuse, eine riesige und schwere Kreatur, die nicht weniger als drei Fuß hoch war. Eine graue klebrige Krötenhaut überzog ihren kalten hässlichen Körper und ihr dünnes rotes Haar hing wie Lumpenfetzen von ihrem schleimigen Kopf. Als sie ihren monströsen Mund öffnete, erblickten die Anwesenden erschrocken eine lange schwarze Zunge, die gar grässlich über ihre hässlichen gelben Zähne fuhr. Langsamen Schrittes näherte sie sich Ourson, den wir nun laut der Fee Drôlette nach seiner wundersamen Verwandlung Prinz Merveilleux nennen müssen. Und nachdem sie mit ihren hässlichen Glubschaugen einen wütenden Blick auf die Fee Drôlette und einen spöttischen auf Violette geworfen hatte, blieb sie direkt vor ihm stehen:

„Fürwahr, die Fee Drôlette hat mich besiegt, Prinz Merveilleux“, stöhnte sie mit heiserer Stimme: „Doch glücklicherweise bleibt mir noch immer der Trost, dass du niemals glücklich sein wirst, da du deine Schönheit für den Preis der Hässlichkeit dieser kleinen Närrin erhalten hast. Sie ist so herrlich grauenerregend und widerwärtig, dass du dich niemals mehr ihr zu nähern wünschen wirst. Ja! Ja! Weine, mein schöner Prinz! Du wirst dein ganzes Leben lang weinen! Und du, dumme Violette, wirst jede Stunde deines Lebens dein närrisches Opfer bereuen!“

„Niemals, Madame, niemals! Das einzige, was ich bereue, ist, dass ich nicht schon viel früher meine Dankbarkeit gegenüber Ourson bewiesen habe.“

Die Fee Drôlette, deren Miene bei den Worten der Fee Rageuse einen ungewohnt strengen Ausdruck angenommen hatte, schwang nun energisch ihren Zauberstab und rief:

„Schweig, Rageuse! Nicht länger wirst du über das Unglück Violettes triumphieren. Schon habe ich ein Heilmittel gegen ihr Leid bereitet. Denn ihre großzügige Hingabe verdient die allerhöchste Belohnung.“

„Ha, das möchte ich sehen, ob du es tatsächlich wagst, dich meinem Zorn auszusetzen“, fauchte die Fee Rageuse.

„An deinem Zorn zweifle ich nicht im Geringsten. Aber ich halte es unter meiner Würde, dich dafür zu bestrafen“, antwortete Drôlette.

„Mich bestrafen? Du wagst es, mir zu drohen?“, schrie Rageuse in allerhöchster Wut, sprang in ihre Kutsche und erhob sich augenblicks in die Lüfte. Noch bevor sie das Gift ihrer Kröten auf Drôlette zu schleudern vermochte, hatte auch Drôlette sich mit ihren treuen Lerchen bereits in die

Lüfte erhoben. Und in einem Überraschungsangriff ließ sie sich blitzschnell auf die Kutsche der Fee Rageuse herabfallen. Die Kröten entkamen nur mit Not dem schweren Stoß, doch warfen sie schnell noch ihr Gift auf die Lerchen, von denen 25 augenblicks verstarben. Wieder stieg Drôlette nach oben und stürzte mit der Geschwindigkeit eines Blitzschlags erneut auf die Kröten herab. Noch bevor Rageuse ihrer Krötenarmee zu Hilfe eilen konnte, hatten die Lerchen den hässlichen Tieren bereits die Augen herausgerissen. Die Aufschreie der Kröten und die Pfiffe der Lerchen erzeugten einen ohrenbetäubenden Lärm. Und mitten in diesem Tumult lenkte Rageuse in einem letzten verzweifelten Versuch ihre blinden Kröten direkt auf die Lerchen zu. Doch Drôlette stieg immer höher und höher in die Lüfte. Da endlich konnte sich die Fee Rageuse ihres offenen Zorns nicht mehr enthalten und schrie mit überschlagender Stimme:

„Ha, feige Närrin! Ich sehe schon, du wirst von der widerwärtigen Feenkönigin unterstützt, die ich am liebsten in der Hölle wissen würde!"

Kaum hatte sie diese garstigen Worte ausgesprochen, als ihre Kutsche wie ein Stein zu Boden fiel. Die Kröten starben augenblicks und die Kutsche verschwand in der Erde. Nur die Fee Rageuse blieb in der Gestalt einer riesigen Kröte zurück. Als sie wütend zu sprechen versuchte, entwich nur ein heiseres Brüllen ihrer hässlichen Kehle. Außer sich vor Wut schaute sie auf Drôlette, den Prinzen Merveilleux, Violette und Agnella, aber ihre dunkle Macht war endgültig zerstört. Zufrieden lenkte die Fee Drôlette ihre Kutsche hinab und sprach:

„Die Feenkönigin hat dich für deine Dreistigkeit bestraft. Und nun bereue, Rageuse, wenn du Vergebung erhalten möchtest!"

Rageuse's einzige Antwort war ein heiseres Brüllen und der erneute Versuch, ihr Gift in die Runde zu sprühen. Da richtetet die Fee Drôlette ein letztes Mal ihren Zauberstab auf sie und sprach mit nachdrücklicher Stimme:

„Hiermit befehle ich dir zu verschwinden und niemals mehr dem Prinzen Merveilleux, der Prinzessin Violette und der Königin Aimee zu erscheinen!"

Die Kröte verschwand und Drôlette blieb einige Zeit reglos stehen. Dann führte sie die Hand über ihre Stirn, als ob sie einen traurigen Gedanken verjage wolle, näherte sich dem Prinzen und sagte ernst:

„Prinz Merveilleux, der Titel, den ich dir eben gab, zeugt von deiner hohen Geburt. Du bist der Sohn des Königs Ferocious und der Königin Aimee, die sich zwanzig Jahre lang hinter der Erscheinung der bescheidenen Farmersfrau Agnella vor deinem Vater verstecken musste. Denn deine Mutter hatte ihn vergeblich davor bewahrt, seinen Bruder Indolent und dessen Frau Nonchalante zu töten. Seitdem bin ich euer aller Beschützerin und trug deine Mutter gemeinsam mit ihrer treuen Rose in einem Wirbelsturm fort.

„Und du, Prinzessin Violette, bist die Tochter selbiger Königin Nonchalante und des Königs Indolent, die zuletzt doch dem bösen König Ferocious zum Opfer fielen. Dieser grausame König ist nun schon lange tot und das Reich verwaist.

Deine Untertanen, Prinz, die durch mich bereits von deiner Existenz erfahren haben, erwarten dich als ihren neuen

König in deinem Königreich. Doch zuvor musst du unter den zwölf schönsten Prinzessinnen deiner Nachbarländer eine dir würdige Königin auswählen."

Die Offenbarungen der Fee hatten den Prinzen Merveilleux schweigend gemacht. Bei den letzten Worten aber drehte er sich abrupt zu Violette um und sah, wie sie herzzerreißend weinte:

„Warum weinst du, meine liebe Violette? Fürchtest du etwa, dass ich unsere Liebe verraten und dich für eine andere verlassen könnte? Denkst du wirklich, dass ich mich deiner vor meinem Hofstaat und meinen Untertanen schämen würde?

Nein! Niemals, meine teuerste Violette! Bis zu diesem Zeitpunkt habe ich in dir nur meine allerliebste Freundin gesehen. Von nun aber bist du meine unsterbliche Geliebte, meine allerbeste Frau und treueste Begleiterin meines Lebens!"

„Dein Frau? Das ist ganz unmöglich, lieber Merveilleux! Wie kannst du eine Kreatur neben dir auf den Thron setzen so abstoßend wie deine arme Violette? Wie kannst du es wagen, die Spötteleien deiner Untertanen und der Könige deiner Nachbarreiche herauszufordern? Und wie könnte ich meine Missgestalt inmitten der Festlichkeiten zeigen, die zu Ehren deiner Rückkehr in deinem Königreich gegeben werden? Nein, nein, mein lieber guter Freund! Lass mich versteckt in deiner Nähe leben, allzeit bedeckt mit einem Schleier. Niemals kann ich deine Frau werden! Und niemals soll dich jemand tadeln, eine so traurige Wahl getroffen zu haben."

Der Prinz schaute traurig und betroffen auf Violette, die kaum ihre Gefühle zu beherrschen vermochte. Agnella hingegen sagte nichts, da sie bereit gewesen wäre, selbst noch dieses letzte Opfer für das Glück ihres Sohnes von der armen Violette anzunehmen.

„Violette", sagte der Prinz endlich fest entschlossen: „Da du dich absolut weigerst, gemeinsam mit mir den Thron zu besteigen, entsage ich hiermit aller königlichen Macht, um mit dir wie zuvor glücklich in der Einsamkeit auf dem Lande zu leben! Ohne deine liebe Anwesenheit wäre mir das Zepter eine allzu schwere Last. Mit dir an meiner Seite jedoch wird unsere kleine Farm zu einem Paradies! Sag, liebe Violette, wird es so sein?"

„Ja, mein lieber Merveilleux, du hast gesiegt. Lass uns so leben, wie wir die vielen Jahre zuvor gelebt haben, bescheiden in unserem Leben, aber reich und glücklich in unserer Liebe!"

„Edler Prinz und großherzige Prinzessin", unterbrach die Fee gerührt: „Für eure seltene und außergewöhnliche Treue sollt ihr beide reichlich belohnt werden! In dem Brunnen, in den ich dich, lieber Merveilleux, aus Schutz vor dem Feuer unversehrt fallen ließ, befindet sich ein unbezahlbarer Schatz. Steig in den Brunnen und bring ihn mir. Dann werde ich dir seinen Wert zeigen!"

Der Prinz ließ sich dies nicht zweimal sagen. Eilends lief er zu dem stockdunklen Brunnen und stieg die lange Leiter hinab. Doch in dem Moment, da er den Grund erreichte, fiel ein heller Sonnenstrahl auf den Boden und gab den Blick frei auf einen schwarzen Stein, an dem ein schwerer Eisenring befestigt war. Neugierig hob er ihn auf und erblickte darunter die verloren geglaubte Schatulle, die wie tausend Sterne glitzerte.

„In ihr muss der Schatz verborgen liegen“, rief Merveilleux und eilte mit der Schatulle zur Fee zurück.

„Hier ist der Schlüssel, Prinz. Öffne du sie“, sprach feierlich die Fee Drôlette.

Doch wie große war seine Enttäuschung, als er anstatt eines unbezahlbaren Schatzes nur den Schmuck Violettes fand, den sie einst als kleines Mädchen im Walde getragen hatte. Die Fee schaute von einem zum anderen und erfreute sich an deren Überraschung und Bestürzung. Dann nahm sie den Schmuck und überreichte ihn Violette.

„Dies ist das Brautgeschenk für mein liebes gutes Kind. Jeder dieser Diamanten hat die Eigenschaft, die Person, die sie trägt, vor allen üblen Einflüssen zu beschützen und ihren Träger mit jeder Kraft auszustatten, mit großen Reichtümern und blendender Schönheit, mit Verstand, Intelligenz und allem wünschenswerten Glück. Verwende diese Steine für deine Kinder, die aus der glücklichen Vereinigung mit dem Prinzen Merveilleux hervorgehen werden.“

Dann fügte Drôlette verschmitzt hinzu: „Ich glaube übrigens, ihr habt noch etwas übersehen!“ Und damit zog sie eines kleines Fläschchen mit Parfüm aus der Schatulle:

„Dieses Fläschchen ist das Hochzeitsgeschenk für meinen treuen Prinzen. Auch wenn du bis heute kein Parfüm mochtest, wirst du dieses zeitlebens lieben. Das garantiere ich dir. Also probier es bitte noch heute aus. Schon morgen komme ich zurück, Prinz, um euch alle in dein Königreich zu führen.“

„Nein, Madame! Wie ich bereits sagte, verzichte ich auf mein Königreich.“

„Ach sei doch nicht so dickköpfig, mein lieber Prinz! Lass uns morgen weiter darüber sprechen“, säuselte die Fee ausgelassen: „Und wenn ihr irgendwann wirklich glücklich seid, meine lieben Kinder, dann denkt für einen kurzen Augenblick an eure allerbeste Freundin, die Fee Drôlette!“

Damit bestieg sie ihre Kutsche und verschwand mit ihren Lerchen im herrlichen Himmelsblau.

Die Verwandlung

Prinz Merveilleux schaute auf Violette und seufzte schwer. Violette schaute auf den Prinzen und lächelte süß:

„Wie schön du bist, mein lieber Merveilleux! Schenk mir doch bitte ein Paar Tröpfchen deines kostbaren Parfüms“, sagte Violette lachend: „Wenn ich schon nicht deine Augen erfreuen darf, lass mich wenigstens deine Nase verwöhnen.“

Schon öffnete sie das Fläschchen und gab es Merveilleux. Das Herz des Prinzen war zu voll für Worte. Und so nahm er das Fläschchen und gehorchte ihrer Bitte. Doch kaum hatten die ersten Tropfen Violettes Stirn berührt, verschwand wie von Geisterhand das hässliche Bärenfell und seine große Liebe stand vor ihm wie zuvor in ihrer unbeschreiblichen Anmut, schöner als der strahlende Morgen. Unmöglich lässt sich die Überraschung und Freude beschreiben, die Merveilleux, Violette und Agnella augenblicks befiel. Immer wieder stießen sie laute Freudenschreie aus und der Prinz wagte kaum seinen Sinnen zu trauen.

Am nächsten Morgen kam wie versprochen die Fee Drôlette und legte ihnen die allerschönsten Kleidungsstücke zu Füßen:

„Mit dieser Kleidung werdet ihr eurem Stande würdig in euer Königreich zurückkehren können."

Die Prinzessin und der Prinz warfen sich vor der Fee auf die Knie und dankten ihr voller Wärme und Herzlichkeit für das gestrige Geschenk. Die Fee gab nur durch ein leichtes Kopfnicken ihre Zustimmung und rief fröhlich nach der Kutsche. Alle stiegen ein und in weniger als einer Stunde hatte die fröhlichen Lerchen den Prinz Merveilleux, die Prinzessin Violette, die Königin Aimee, die Dienerin Rose und die Fee Drôlette in des Prinzen Königreich gebracht. Der gesamte Hof und alle Untertanen erwarteten die Reisegesellschaft bereits vor dem Palast und auf den Straßen. Als die Kutsche in Sichtweite kam, stießen die Menschen Freudenschreie aus, die sich noch einmal verstärkten als sie vor dem großartigen Eingang des Palastes aufsetzten und die edle Königin Aimee und der wunderschöne Prinz Merveilleux der Kutsche entstiegen. Als der Prinz dann aber die Prinzessin Violette bei der Hand nahm und sie seinem Volk präsentierte, schwoll der Beifall an zum Orkan. Violettes liebeswerte Anmut, ihre elegante Gestalt und ihre strahlende Schönheit eroberten augenblicks alle Herzen. Und lange Zeit war nichts anderes zu hören als: „Lang lebe König Merveilleux! Lang lebe die Königin Violette!"

Nach der prächtigen Hochzeitszeremonie gab es ein großartiges Festmahl, zu dem nicht nur der gesamte Hofstaat, sondern auch alle Untertanen geladen waren. Die kluge Fee Drôlette hatte vorsorglich auch alle guten Feen der Nachbarschaft zu dieser Hochzeit eingeladen. Und als sie mit ihnen fröhlich in der Runde saß, bat sie ihre Freundinnen eindringlich, allezeit für das Glück des Hochzeitspaares und ihrer zukünftigen Kinder zu sorgen. Die Feen versprachen dies. Und so lebten König Merveilleux und Königin Violette mit ihren Kindern, Enkelkindern und Urenkeln glücklich und zufrieden alle Tage ...